文 庫

32-792-7

ブロディーの報告書

J. L. ボルヘス作
鼓　　　直 訳

岩 波 書 店

EL INFORME DE BRODIE

by Jorge Luis Borges

First published 1970 by Emecé Editores, S. A., Buenos Aires.

This Japanese edition published 2012
by Iwanami Shoten, Publishers, Tokyo
by arrangement with The Wylie Agency (UK) Ltd, London
through The Sakai Agency, Tokyo.

目　次

ブロディーの報告書

まえがき

キップリング*の後期の短編は、カフカの短編やジェイムズのそれに劣らぬ謎と苦悩にみち、おそらくできばえは優っている。しかし、その彼もラホール滞在中の一八八五年に短くストレートな作品を書きはじめて、一八九〇年に一巻にまとめている。そのうちの少なからざるもの――「スドフーの家にて」「囲いの外で」「百の悲しみの門」――が珠玉の佳編である。そこで思ったのだが、才能ゆたかな青年が考えて実地に行なったことを、仕事の心得のある老境の男がまねても不遜《ふそん》のそしりを受けるはずがない。そうした思案から生まれたのがこの本である。判断は読者にゆだねよう。

ことの成否はともかく、作者が書こうと試みたのも、ストレートな短編であった。もっとも、それらを、単純な作品とまで言う気はない。単純な一葉とか単純な一語とかいったものは、この地上には存在しない。いっさいが複雑さをもっとも顕著な特質とする宇宙を措定しているからである。ただ、ここで明らかにしておきたいのは、作者はいまだかつて、むかしは寓話作家とか説話作者とか呼ばれていたが、今日では参加の文学者と言われている者であったことはないという事実である。作者はアイソーポス*たることを望まない。作者の短編は『千一夜物語』中のそれとおなじく、説得することよりも、人びとを楽しませ感動させることを望んでいる。しかし、これが目的であるからといって、作者はソロモン王にならって象牙《ぞうげ》の塔にこもろうとするものではけっしてない。政治に関する作者の意見は周知のとおりである。懐疑主義の一つの表われだと思うけれども、作者はこれまで保守党に組してきた。作者をコミュニスト、ナショナリスト、反ユダヤ主義者、〈黒蟻《オルミガ・ネグラ》〉*あるいはロサス*派よばわりした者は、いまだかつていない。いずれは政府など存在しない有難い時代がくる、と作者は信じている。いかに窮屈な時代にも、作者は自分の意見を隠したりしたことはない。しかし、あの六日戦争*の騒ぎに巻き込まれたときを除いては、それらの意見が作品に影響をおよぼすようなことは許さなかった。文学の営みは神秘的なものである。われわれの意見などはたよりないものだが、作者は、詩を書くという行為は知性の働きであると考えた、もしくは考えるふりを装ったポーの説よりもむしろ、ミューズ神を奉ずるプラトンの説を採りたいと思う。不思議でならないが、古典主義者たちがロマンチックな説を、ロマン派の詩人が古典的な説を信じているわけだ。

この本の題名となっている、そして明らかにレミュエル・ガリヴァーの最後の旅から想を得ている作品を除くと、これらの短編は当今はやりの用語でいうリアリスティックなものである。他のジャンルに劣らず厳しいしきたりがあり、間もなくわれわれはそれに飽きるにちがいない、いやすでに飽きてさえいるジャンルの約束ごとのすべてを忠実に守っていると思う。十世紀ごろにまでさかのぼるアングロサクソン人のモールドンのバラード*や、さらに時代の下がったアイスランドのサガにそのすばらしい例が見いだされるが、工夫を要求される付随的なエピソードにも富んでいる。二つの物語――どれであるかは言わない――がおなじ一つの空想の鍵で開くようにできている。好奇心の強い読者は、ある内容上の類似に気づくにちがいない。長い年月、作者は二、三の主題にのみ心を奪われてきた。つまり、作者はしごく退屈な人間なのである。

全体でもっともできのよい「マルコ福音書」という表題の物語であるが、その筋のあらましはウゴ・ロドリゲス・モローニが見た夢から借りた。作者が懸念するのは、想像や推理によって適切だと判断して変えた個所が、かえって物語を損なったのではないかということである。いずれにせよ、文学は統御された夢以外の何ものでもない。

作者は鬼面ひとを脅すバロック的なスタイルは捨てた。また予期しない結末によって読者を驚かすこともやめた。要するに、作者は意表をつくことよりも徐々に期待を盛り上げることをえらんだのだ。作者は長年、変化と斬新《ざんしん》な趣向によって良い作品を物することができると信じてきた。そして七十歳になったいま、やっと自分の声を見いだしたと思っている。辞句の修正も、重苦しい文章に軽みを添え誇張を和らげるのに役立つ場合は別であるけれども、作者が口述したものを良くも悪くもできない。それぞれの言語が一個の伝統であり、それぞれの単語が一個の共有された象徴である。一人の革新者が変えうるものは取るに足らない。みごとな、しかし判読不能な場合がまれでないマラルメやジョイスの作品を思い出してみれば良いだろう。しかし、このもっともらしい理屈も疲れからきているような気がする。年を取って、作者もボルヘスであることへのあきらめの境地に達したのだ。

ポール・グルーサック*の憂鬱《ゆううつ》な言葉を借りれば、「版を重ねるたびに旧版に懐かしさを覚えさせられる《ドン・シャック・エディション・フエ・ルグレテ・ラ・プレセダント》」王立アカデミア辞典やややっかいなアルゼンチン方言の辞典*だが、作者は公平に、そのいずれにも関心を持っていない。この土地のものであれ、海の彼方のものであれ、すべてが相違のみを強調してスペイン語を解体させようとする傾きがある。

この点に関して思い出すのは、ブエノスアイレスのルンファルド*に通じていないと責められたロベルト・アルト*が、「ビジャ・ルロの貧しい人びとや無法者のあいだで育ったので、とてもそんなものを勉強している暇などなかった」と答えたという話である。事実、この俗語は風俗劇《サイネテ》*の作者やタンゴの作詞家がでっち上げた文学的なしろもので、レコードによって覚えた場合はともかく、場末の人間自身が知らないものである。

作者はこれらの短編の舞台を、時間的にも空間的にもいささか遠いところに置いた。そうすることで想像力がより自由に働くと思ったのだ。一九七〇年のいま、前の世紀の場末のパレルモ*やロマス*がどうであったか、正確に記憶している者が果たしているだろうか。信じられないかもしれないが、小さなまちがいを咎《とが》め立てするこうるさい連中がいるのである。たとえば彼らは、マルティン・フィエロ*は「骨づつみ《ボルサ・デ・ウエソス》」とは言っただろうが、「骨ぶくろ《サコ・デ・ウエソス》」という呼び方はしなかったはずだ、と主張するのだ。またこれは不当だという気がするが、ある名馬の赤がかった葦毛《あしげ》の毛色、という表現を非難するのである。

読者よ、長ながしきまえがきより神が汝《なんじ》をお救いくださらんことを。この言葉はケベード*のものだが、彼はショーのまえがきを読まなかったおかげで、いずれは人目にさらされることになるアナクロニズムに陥らずにすんだのだった。

J・L・B

一九七〇年四月十九日　ブエノスアイレスにて

じゃま者

諸王記—二—一—二六

語り伝えられるところによれば、ネルソン兄弟のうち弟のほうのエドゥアルドが、一八九〇年代にモロン郡で病死した兄クリスチャンの通夜の席で、この話をしたということだが、これはどうも眉唾《まゆつば》くさい。いまはむかし、マテ茶をすするあの長い退屈な夜の集まりで、ある男が別のある男から話を聞き、それをまたサンチャゴ・ダボーベ*にして聞かせたというのが真相である。わたしが知ったのも彼をとおしてだった。その後数年たって、わたしはふたたび、実際に事件のあったトゥルデラ*でその話を聞かされた。二度目に耳にした話はいささか冗長の気味があり、当然のことながら多少食いちがっている点があったけれども、おおよそはサンチャゴの話と一致していた。わたしがそれを書く気になったのは、もちろんわたしの思いちがいでなければだが、むかしの無法者の気風がそのものずばり、端的かつ悲劇的なかたちでそこに示されているからだ。ありのままに書くつもりでいるが、細かなことを誇張したり付け加えたりという、文章を書くうえでのあの誘惑に負けそうな気がいまからしている。

トゥルデラでは彼らはニルセン兄弟と呼ばれていた。教区司祭の話では、ゴチック文字で印刷されたボロボロの黒表紙のバイブルをこの連中の家で見かけたと、その前任者が意外そうな面持ちで言っていたそうだ。末尾の数ページには手書きの人名や日付も見られたという。ただ、家じゅう探しても本はこれ一冊だった。ニルセン家の波乱に富んだ歴史の記録は、この世のいっさいがいずれはそうなるように、すでに失われていた。いまは跡形もないが、彼らのだだっ広い家はむきだしの煉瓦造りで、正面の入口から赤い石を敷きつめた中庭ともう一つの土の中庭が見えた。いずれにしても、そこを訪れる者はめったになかった。ニルセン兄弟は孤独な生活を送っていた。殺風景な部屋に置かれた粗末なベッドで眠った。彼らが金を惜しまないのは馬と農具、細身の短刀と土曜日に着るはでな服、癖の悪い酒くらいのものだった。わたしの知るところでは、兄弟は背が高くて、赤毛だった。本人たちは聞いた覚えのない土地だろうが、デンマークかアイルランドの血がこの二人のクリオジョ*の体には流れていた。土地の人間は赤毛の兄弟を恐れていた。彼らに殺された者がいないとは思えない。一度だが、警察の連中と互角に争ったことがある。弟にいたっては、ファン・イベーラ*と言い合いになったが負けていなかったという。わけ知りの連中によれば、これはたいへんなことだそうだ。兄弟は牛運びや畜殺人をやった。馬泥棒を働き、ときにはいかさま賭博に手を出した。酒や賭けの勝ちで気が大きくなったときは別だが、けちで知られていた。身寄りのことはもちろん、どこから来たかもまったくわからない。持ちものは一台の荷車と二頭の牛だけだった。

兄弟はその外見からして、コスタ・ブラーバ*の土地に恐ろしげな名前を授けることになった無法者たちとはちがっていた。この事実と、われわれの知らない何かがあって、兄弟はあれほど仲がよかったのだ。一人と仲たがいすれば、二人を敵に回すことになった。

ニルセン兄弟は好き者だったが、しかし彼らの色恋は、その当時までは門口か娼家にかぎられていた。したがって、クリスチャンがフリアナ・ブルゴスをわが家へ連れ込んだときには、世間はいろいろと取り沙汰した。召使いを雇ったことは事実だが、しかしひどい安ぴかの品物をふんだんに買ってやったり、堂々とパーティーへ連れていったこともたしかだった。肩や腰をひねったりというはでな動きが禁じられ、いまだに煌々《こうこう》と明るい電灯の下でダンスが踊られていた、コンベンティジョ*の貧しいパーティーへではあったが。フリアナは色の浅黒い、切れ長な眼の女だった。誰かに見つめられるとかならず、にんまり笑った。労働とだらしなさのために女がたちまち老け込んでしまう場末では、彼女は器量の悪いほうではなかった。

初めのうちエドゥアルドは二人のそばをはなれなかったが、やがて、用事にかこつけてアレシフェの町まで行き、道中で拾ったという一人の小娘を連れて戻ってきた。そしてわずか二、三日で追い出してしまった。エドゥアルドは以前にもまして陰気になった。酒場でも一人で酒をあおっていることが多く、誰とも口をきかなかった。クリスチャンの女に惚れてしまったのだ。本人より早くそのことに気づいたらしい場末の住民たちは、いまはまだ表に現われてはいないが、いずれ兄弟が張り合う日がくるのを予想して、秘かな喜びを味わっていた。

ある晩遅く酒場から戻ってきたエドゥアルドは、クリスチャンの黒い馬が杭《くい》につながれているのを見た。せいいっぱいおめかしをした兄が中庭で待っており、女はマテ茶を運んでいた。クリスチャンからエドゥアルドに話しかけた。

「ファリアスの家のパーティーに行ってくる。フリアナは置いていくから、好きなようにしていいぜ」

その声には押しつけがましさと優しさとが入りまじっていた。エドゥアルドはしばらく兄の顔を眺めていた。どう答えたらいいのかわからなかったのだ。クリスチャンは立ち上がった。まるで物かなにかのようにフリアナを無視し、エドゥアルドだけに声をかけて馬にまたがり、悠然と去った。

その夜から兄弟は女を共有することになった。この汚らわしい関係の細部については誰も知るはずがないが、それは場末の人びとの慎み深さを傷つけるものだった。その関係は二、三週間はうまくいった。しかし、それ以上長つづきすることはなかった。兄弟はフリアナを呼びつけるのにも名前を口にすることをはばかったが、そのくせ、ことごとに意見が対立した。皮革の売買のことで口論をしたが、実際に争っているのは別のことだった。たいていクリスチャンが大きな声を出し、エドゥアルドは黙っていた。知らず知らずのうちに、兄弟は互いを嫉妬していたのだ。荒っぽい場末では男は口がくさっても他人に、また自分に、女を欲望と所有の対象以上のものと考えていることを言ってはならなかった。それなのに、二人は恋をしてしまったのだ。二人はこのことを恥じている様子だった。

ある日の午後、エドゥアルドはロマスの広場でファン・イベーラに出会った。上玉を手に入れたそうだな、とイベーラは祝った。エドゥアルドがこの男に嚙《か》みついたというのは、おそらくこのときのことだろう。眼の前でクリスチャンのことをとやかく言われて、黙ってはいられなかったのだ。

女は動物のように柔順に兄弟に仕えた。しかしどちらかと言えば、共有の申し入れを断わりはしなかったものの、一度として彼女に手をつけたことのない弟のほうに好意を抱いていた。

ある日、フリアナは表に近い中庭に椅子を二つ運ぶように、また内密の話があるからその辺に近づかないように、と言いつけられた。話が長くなると思った彼女は昼寝をするつもりで横になったが、すぐ起こされた。ガラス玉の数珠《じゅず》や母の形見の小さな十字架をふくめて、持ち物のすべてを袋に詰めさせられた。何の説明もなく車に乗せられた。誰も口をきこうとしない退屈な車の旅が始まった。雨上がりで道がひどくぬかるんでいたが、夜明けの三時ごろにモロンに着いた。そしてそこで女は娼家の女主人に売られた。話はすでについていて、クリスチャンが金を受け取り、あとで弟とわけた。

ありきたりと言えばありきたりの話だが、そのときまでごたごたに忙殺されていたニルセン兄弟は、トゥルデラに帰りつくと同時に、むかしの男らしい生活に戻ろうとつとめた。ふたたびトランプの賭博や闘鶏、調子のよいばか騒ぎに精出した。これで救われたと思うときもあったようだが、しかし兄弟はそろって、なんの理由もなく、というよりはむしろわかりすぎるほどの理由で、ちょくちょく姿を消した。その年も押しつまったころ、弟が用事があると言って首府へ発《た》った。クリスチャンはモロンへ出かけた。例の娼家のつなぎ杭《ぐい》にエドゥアルドの葦毛《あしげ》の馬がつながれているのを見た。なかへ入っていくと弟がそこにいて、順番を待っていた。

おそらく、クリスチャンはこう言ったにちがいない。

「こんなことをしていても、馬をくたびれさせるだけだ。あいつを買い戻したほうが早い」

彼は女主人と話をつけた。革の幅広のベルトのポケットから出した金で払いをすませ、女を連れ出した。フリアナはクリスチャンと相乗りだった。二人のそんな姿を見るのがいやで、エドゥアルドは葦毛に拍車を当てた。

ふたたび前に述べた状態に戻った。あの不埒《ふらち》な解決策は失敗に終わったのだ。兄弟もいったんは互いを欺くという誘惑に屈した。カインがあたりに影を見せたが、しかしニルセン兄弟の愛情は深く——つらいことや危険なことも二人して耐えてきた仲だった！——いらだちを自分たち以外のものにぶつけた。たとえば、赤の他人や犬、いさかいの種をもたらしたフリアナである。

三月も終わろうというのに暑さは衰えなかった。ある日曜日——日曜日には人びとは早ばやと家にこもった——酒場から戻ってきたエドゥアルドは、クリスチャンが牛を車につないでいるのを見た。クリスチャンは言った。

「いっしょに来てくれ。パルド*のところへ毛皮を運ぶんだ。荷はもう積んである。涼しいうちに出かけよう」

パルドの店はもっと南の方角にあったと思う。兄弟は家畜の移動路だった道を進み、しばらくして脇道へそれた。闇が濃くなるにつれて平原は広がりをました。

車は草深い湿地を分けて進んだ。やがて火をつけたばかりのタバコを捨てたクリスチャンが、落ち着いた声でこう言った。

「さてと、ひと汗かくか。あとはカラカラ鳥が片付けてくれるだろう。きょう、あの女を殺《や》った。服といっしょに、ここに埋めてやろう。これでもう面倒は起こさんだろう」

兄弟は固く抱き合った。泣いているようにも見えた。いまでは別の絆《きずな》が兄弟を結びつけていた。犠牲になった哀れな女と、その女を忘れなければならぬという義務である。

卑劣な男

われわれがこの都会に抱いているイメージには、つねに多少アナクロニックな点がある。カフェはバルに成り下がっている。中庭や葡萄《ぶどう》棚をのぞくことのできた玄関は、いまでは、奥にエレベーターがある薄暗い通路となった。そういうわけで、わたしは長年、タルカウアノ街*のそこへ行けばブエノスアイレス書店があると信じていたが、ある朝、それが骨董屋に変わっているのを知った。人から聞いた話では、書店の主人のドン・サンチャゴ・フィッシュバインも亡くなったという。彼は太り気味の男だった。顔よりむしろ、二人で交わした長い会話が頭に残っている。彼はよく、静かだが断固とした調子でシオニズムを非難した。それはユダヤ人を、他のすべての人間とおなじように一つの伝統と一つの国家に縛りつけて、現在の彼に豊かな相貌を与えている複雑さや対立するものの無い、ありふれた人間にしてしまうというのだ。彼はまた、読みにくさをまし空理に見せかけの厳密さを賦与する、あの幾何学的なからくりを取り除いたバルフ・デ・

スピノザの選集を編んでいると教えてくれた。ローゼンロス*の『カバラ奥義』という珍本を見せてくれたが、売ろうとはしなかった。それでもわたしの書斎には、彼の店の判が押されたギンズバーグ*やウェイト*の本が何冊かある。

二人きりでいたある日の午後、彼はその人生で経験したあるできごとを話してくれた。いまならそれを書いても許されるだろう。予想されるとおり、細かい点は自由に変えさせてもらう。

いままで誰にも話したことはないが、あんただから聞いてもらおう。女房のアンナはもちろん、ほんとに仲のいい友だちも知らない話だ。ずいぶんむかしのことで、いまでは他人ごとのような気がしているが、ひょっとすると、あんたの短編の材料にはなるかも。きっとナイフの一、二本は増えるだろう。いつかあんたに話したかどうか、わたしはエントレ・リオス州の出だ。いや別に、ユダヤ人のガウチョというわけではない。ユダヤ人のガウチョなんていたためしがない。わたしの一家は商人や農民だった。わたしが生まれたのはウルディナラインだが、この土地のことはほとんど覚えていない。わたしがまだ小さかったころ、両親はブエノスアイレスへ出て店を持った。そこから何丁場か離れたところがマルドナド川*で、その先は空き地だった。

人類は英雄を待望している、と書いたのはカーライルだ。グローソ編*の歴史の教科書はサン・マルティン*をすすめていたが、その彼もわたしの眼には、かつてチリで戦い、いまは銅像となり広場の名前となっている一介の武辺《ぶへん》としか映らなかった。二人にとっても不運ななりゆきで、偶然はまったく別の英雄をわたしに引き合わせた。フランシスコ・フェラリという男がそれだ。この名前を聞くのは、おそらくこれが初めてだろう。

わたしの町は、ロス・コラレス*のあたりやエル・バホ*ほど物騒ではないという話だったが、それでも無法者がたまりにしていない酒場はなかった。フェラリもトリウンビラト街とタメス街の角の酒場を根城にしていた。そこで起きた事件がきっかけで、わたしは彼の贔屓《ひいき》になったのだ。わたしが四分の一キロのマテ茶を買いにその店に寄ったところへ、長髪と口髭《くちひげ》の男が入ってきて、ジンを注文した。フェラリがおだやかな声で言った。

「おとついの晩、フリアナのところのダンスパーティーで会わなかったか？　どこから来た？」

「サン・クリストバルだ」と相手が返事をすると、フェラリがさりげなく、

「言っとくが、二度とこのへんに顔を出さんことだ。行儀の悪いやつらがいて、いやな思いをさせるかもしれんからな」

サン・クリストバルの髭男はあっさり消えた。フェラリほどは度胸のない男だったわけではないが、ここが無法者のたまりだということを心得ていたのだ。

その午後からフランシスコ・フェラリは、十五歳のわたしのあこがれの英雄となった。彼は色の浅黒い、背もやや高めで、押し出しのいい男だった。当時もてはやされた色男で、いつも黒い服を着ていた。その彼とわたしを近づけることになる別の事件が起こった。わたしが母や伯母といっしょに歩いていたときだった。わたしたちとすれ違った数人の若い男のうちの一人がほかの連中にこう言ったのだ。

「ばばあたちのお出ましだ。通してやんな」

わたしはどうすることもできなかった。すると、おりよく家から出てきたフェラリが間に入って、生意気な口をきいた男に言った。

「喧嘩を売りたいんだったら、このおれに売ったらどうだい?」

連中ひとりひとりの顔をじっくり眺めていったが、誰もうんともすんとも答えなかった。彼が何者であるか知っていたのだ。

彼は肩をすくめ、わたしたちに挨拶して去ったが、去りぎわにわたしに声をかけて、

「暇だったら、あとで店へ来いよ」

わたしがぼんやりしていると、伯母のサラが言った。

「ほんとに男らしいわ。女をかばって……」

困惑しているわたしを見かねて、母が答えた。

「わたしに言わせりゃ、自分より強い者はいないと思ってる、やくざよ」

どう話せばわかってもらえるだろう。こうなるまでには、ずいぶん苦労したものだ。好きな本屋の主人におさまって、本を読み、あんたのような友だちをたくさん持ち、女房も子供もいる。社会党に加入しているが、良きアルゼンチン国民であり、良きユダヤ人である。世間からも尊敬されている。いまはごらんのとおり、ほとんど禿《は》げているが、あのころは場末の町に住むユダヤ系の赤毛の少年だった。世間は冷たい眼でわたしを見た。若い者はいずれもそうだが、わたしも他人とおなじになろうと努めた。ヤコブという名前を隠してサンチャゴ*を名乗ったものだ。苗字《みょうじ》のフィッシュバインはそのままだったが。われわれは皆、他人がわれわれに抱いているイメージに似ていくものだ。世間の軽蔑を意識して、わたしも自分自身を軽蔑した。あの当時、とくにあの土地では、勇気

のあることがたいせつだったが、わたしは自分が臆病者であることを知っていたのだ。女が怖くてしかたがない。気が小さくて、いまだに童貞なのを秘かに恥じていた。おなじ年輩の友だちもなかった。

あの晩、わたしは酒場へ行かなかった。いっそ、あのまま行かなければ良かったのだ。ところがわたしは、彼の誘いは命令のような気がしてきて、ある土曜日、夕食のあとで店へ顔を出した。

フェラリが仲間を引きつれてテーブルの一つに陣取っていた。いずれも見かけたことのある連中で、七人ほどいたように思う。フェラリがいちばん年を取っていた。もっとも、疲れたような声で、口数の少ない年配の男がほかにいた。ドン・エリセオ・アマーロというその名前だけは、いまも記憶から消えていない。肉のたるんだ平べったい顔にナイフの傷があった。あとで聞いたのだが、刑務所に入っていたことがあるという話だった。

フェラリはわたしを自分の左側にすわらせた。ドン・エリセオに席をゆずらせたのだ。わたしは気が気でなかった。フェラリが先日の不愉快なできごとの話をしないかと恐れていたのだ。だが、そんなことはなかった。話題は女、トランプ、選挙、話ばかりでいっこうに来ない歌うたい、町のいろんなできごとに集まった。初めのうち、みんなは容易に打ちとけなかったが、フェラリがそうしむけたおかげで、やがてわたしも仲間入りができた。ほとんどがイタリア系の苗字《みょうじ》であるにもかかわらず、みんなが自分をクリオジョだと、いや、ガウチョだとさえ思い、相手をそう思っていた。荷車引き、馬方、畜殺人もいた。牛馬を扱っているせいで田舎の人間じみたところがあった。彼らの最大の望みは、無法者のファン・モレイラ*のような人間になることではなかったかと思う。やがてみんなは、わたしのことをルシート*と呼ぶようになったが、この綽名に軽蔑はこめられていなかった。彼らに教えられて、わたしはタバコその他を覚えた。

フニン街*のとある店で、フランシスコ・フェラリの仲間ではないか、と聞かれたことがあった。わたしは違うと答えた。そうだと答えれば、なんだか自慢しているような気がしたのだ。

ある晩、警察の連中が入ってきて、わたしたちも検査を受けた。署までしょっぴかれた者もいたが、フェラリは手出しされなかった。二週間後におなじ場面がくり返され、この二度目の手入れではフェラリもつかまった。ベルトにナイフを忍ばせていたのだ。おそらく、政治屋のボスに睨《にら》まれるようなことでもしたのだろう。

いまのわたしはフェラリを、ひとり思い込んで裏切られた哀れな若者だと考えているが、当時のわたしにとっては神にも等しい存在だった。

友情は恋に比べても、またこの複雑な人生が見せる別の顔のどれ一つと比べても、負けないくらい神秘的なものだ。いつかふと思ったのだが、ただ一つ神秘的でないものがあるとすれば、幸福だ。それだけで自足するものだから。実際、あの肝っ玉が太くて強いフランシスコ・フェラリが、わたしのような、くだらない人間に友情を示してくれたのだ。相手をまちがえている、自分はそんな友情にふさわしい人間ではない、とわたしは感じた。できるだけ彼を避けるようにしたが、彼はそれを許さなかった。このわたしの悩みは、母の咎《とが》め立てによっていっそう大きくなった。母はくず呼ばわりしていたが、わたしがそういう連中と付き合って、そのまねをすることに耐えられなかったのだ。わたしの話の肝心なところは、わたしとフェラリとの関係であって、つまらないできごとではない。もっとも、いまでもそれらについて後悔などしていない。後悔する気持ちがあるうちは、罪も生きているのだと思う。

あるとき、ふたたびフェラリのそばの席に戻っていた年配の男が、しきりに小声で彼と話をしていた。なにごとかを企《たくら》んでいるらしく、テーブルの反対側にすわっていたわたしの耳にも、町はずれに織物の工場を持っている男の、ウェイドマンという名前が聞こえた。しばらくして、わたしはなんの説明もなく、工場の外をひと回りして出入口の様子をよく見てくるよう命令された。日の暮れかけるころ、わたしは川と引き込み線を渡った。ぽつんぽつんと立っている家や柳の林、空き地などを、いまでもよく覚えている。工場は新しかったが、寂しい廃墟めいた感じがした。現在の記憶のなかでは、その赤い色が夕日のそれと重なり合っている。工場は柵に囲まれていた。正面の出入口のほかに、南に面して建物の内部に直接通じている裏口が二つあった。

白状するが、すでにあんたも見当のついていることを悟るのに、わたしはかなり手間どった。わたしは報告をし、若い男たちの別の一人がそれを証明した。その姉が工場で働いていたのだ。みんなが土曜日の晩に酒場に姿を見せないのは人目を引くというので、フェラリのひとことだったが、工場に押し入るのは次の金曜日まで延ばされた。わたしは見張りの役をおおせつかった。当日までは、いっしょのところを見られないようにしろということだった。表へ出て二人きりになったとき、わたしはフェラリに聞いた。

「ぼくを信用してるの？」

「あたりまえだ」と彼は答えた。「一人前の男らしくやってくれると思ってるぜ」

その晩、そしてそれからあとの晩も、わたしはぐっすり眠った。水曜日、わたしは母に、珍しいカウボーイの見世物を見に下町へ出かけてくる、と言った。せいいっぱいおめかしをして、わたしはモレーノ街へと向かった。ラクロセ線の電車がひどくのろく感じられた。警察署ではさんざん待たされたあげく、エアルドだったかアルトだったか、そんな名前の警官の前に呼び出された。わたしは、内密で話したいことがある、と言った。すると相手は、心配せずになんでも話せ、と答えた。フェラリの企みを、わたしは洗いざらいしゃべった。驚いたことに、警官はその名前を知らなかった。わたしがドン・エリセオの名前を口にすると、態度が変わって、

「なにっ？　あの、モンテビデオの老いぼれやくざか！」と叫んだ。

警官はわたしの町の別の警官を呼んで、二人で話し合った。その一人が小馬鹿にしたような口調でこう聞いた。

「善良な市民の務めだと思って、こうして訴えて出たってわけか？」

気持ちがわかってもらえるとは思わなかったが、わたしは答えた。

「ええ、ぼくも立派なアルゼンチン国民です」

二人は、ボスから与えられた役目はちゃんと果たせ、ただし、警官の姿が見えても合

図の口笛は吹くな、とわたしに言った。わたしが帰りかけると、彼らのうちの一人が警告した。

「気をつけろ。イヌがどんな目に遭うか、よく知ってるはずだ」

警察の連中は小学四年生とおんなじで、やたらと符丁を使いたがるのだ。わたしはこう答えてやった。

「殺されたほうがいいんです。ぼくのような者には、それが似合ってる」

金曜日の朝から、わたしは運命の日が来たことでむしろ楽な気分になり、少しも後悔めいたものを感じないことに後ろめたさを覚えた。時間がひどく長く感じられた。食事をろくにとらなかった。夜の十時、わたしたちは織物工場から一丁場ほど離れたところで落ち合った。一味のうち一人が姿を見せなかった。ドン・エリセオが、こういうときかならず臆病風に吹かれる者がいる、と言った。あとでその男に罪をかぶせる気だな、とわたしは思った。いまにも雨が降り出しそうな空模様だった。誰かがいっしょにいることになるのを恐れたが、裏手の出入口の一つにわたしだけが残された。待つ間もなく警官たちと警部が現われた。徒歩だった。気づかれないように馬を空き地に乗り捨ててきたのだ。フェラリがドアをこじあけていたので、警官たちは物音ひとつ立てずになかへ入っていった。四発の銃声にわたしは度肝を抜かれた。奥の暗闇で殺し合いが始まったと思ったそのとき、手錠をはめられた若者たちを引っ立てて出てくる警官たちの姿が眼に入った。さらにその後ろから、フランシスコ・フェラリとドン・エリセオ・アマーロを引きずって、二人の警官が現われた。彼らは射殺されたのだ。報告書では、おとなしく逮捕されず、彼らのほうから発砲した、ということだったが、わたしにはそれは嘘だとわかっていた。彼らがピストルを持っているところを見たことがなかったからだ。警察は、このときとばかり仕返しをしたのだ。日がたってから聞いたところでは、フェラリは逃げようとしたが、一発くらって死んだということだった。もちろん新聞は彼を英雄扱いした。かつてのわたしはそう思っていたけれども、彼はけっしてそんな人間ではなかった。

わたしもほかの連中といっしょにしょっぴかれた。そしてすぐに釈放された。

ロセンド・ファレスの物語

夜の十一時ごろだったと思う。いまはバルになっているが、ボリバル街とベネスエラ街の角にある安酒場へわたしは入っていった。すると、隅のほうから声をかける者がいた。すぐにそれに気づいたところを見ると、その声に相手を威圧するようなものがあったのではないかと思われる。男は小さなテーブルの一つに腰かけていた。わたしはなんとなく、彼はだいぶ前から空のグラスを前において、そこにすわり込んでいたのにちがいないと思った。中肉中背、まともな職人かむかし気質《かたぎ》の農夫のように見えた。薄い口《くち》髭《ひげ》はごま塩だった。ブエノスアイレスの人間らしく体に気をつかって、スカーフを取らずにいた。いっしょに何か飲むようにすすめるので、わたしも腰を下ろし、二人でいろいろと話をした。すべては一九三〇年代のことである。

男はこう言った。

「あんたは噂でしかわたしを知らんだろうが、わたしはあんたをよく知っている。わたしの名前はロセンド・フアレス。死んだパレデス*から、わたしの話は聞いているはずだ。やっこさん、変わった男だった。よく嘘をついた。ただ、だます気は毛頭ない。人を楽しませるのが目的だった。きょうは、お互いこれといってすることはなさそうだし、ひとつ、実際にあの晩あったことを話そう。例の肉屋殺しのあった晩のことだ。たしか、あんたはこの事件を小説に書いているが、わたしにそのできをどうこう言う資格はない。ただ、でたらめな話がいろいろと伝わっているので、ほんとうのことを知ってもらいたいと思うわけだ」

記憶を整理するようにしばらく黙っていた彼は、やがて話を続けた。

人間、その身に何かが起こっても、長い年月がたってからでないとその意味がわからない。あの晩わたしが経験したことも、原因は、遠いむかしにあった。わたしは、フロレスタの先のマルドナド川沿いの町で育った。いまではまともな水路になっているが、当時のそれは、汚いどぶ川だった。ものごとの進歩は誰にも食い止められない、というのがわたしの持論だよ。いずれにしろ、人がどこで生まれるかは運命しだい。わたしは、わたしを生ませた父親の名前をたしかめようと思ったこともない。母親のクレメンティナ・ファレスは、アイロン掛けの仕事で暮らしを立てている、堅気の女だった。エントレ・リオス州かウルグアイの生まれだと聞いているが、たしかなところはともかく、コンセプシオン・デル・ウルグアイ*にいる親戚の話をよくしていた。わたしは雑草のように育った。焼けた棒切れを振り回して、よその子相手にナイフの決闘のやり方を覚えた。まだサッカーはわたしたちの心をつかんでいなかった。あれは、もっぱらイギリス人のやることだった。

ある晩のこと、例の店にいたとき、ガルメンディアという若い男が入ってきて、わたしを探しはじめた。わたしは素知らぬ顔をしていたが、酔っているガルメンディアはあきらめなかった。わたしたち二人は外へ出た。彼はいったん歩道に出てからふたたび店のドアを細目に開けて、なかにいる者にこう言った。

「心配することはないぜ。すぐ戻ってくる」

わたしはナイフを借りていた。二人は互いに相手をうかがいながら、ゆっくりと、川に向かって歩いた。彼はわたしよりいくつか年上だった。それまでにも何度かナイフで決闘のまねごとをしたことがあったので、わたしは、彼が本気でわたしを殺《や》るつもりだと感じた。わたしは裏通りの右側を、彼は左側を進んだ。彼が煉瓦か何かにつまずいた。

わたしはとっさに彼に飛びかかり、ナイフで彼の顔に切りつけた。あとは取っ組み合いだ。こちらがやられそうになったときもあったが、最後にわたしのナイフが深ぶかと彼の体をえぐった。かすり傷だが、わたしも負傷していることに気づいたのは、すべてがすんだあとだった。人間、殺すのも殺されるのも、しごく簡単なことだ。その晩、わたしはそう悟った。川の水面はひどく低かった。わたしは時間が惜しくて、ぐったりしている相手を煉瓦のかまどの後ろに隠しただけだった。きっと頭がどうかしてたんだ。わたしは、いつも彼が身につけていたダイヤの指輪を抜き取った。それを指にはめ、帽子をかぶり直してからゆっくりと店へ引き返した。そして言った。

「戻ってきたのは、このおれらしいな」

わたしは酒を注文した。実際、飲まずにはいられなかった。そしてそのときになってやっと、ある男に教えられて服に血のしみがついていることを知った。

その晩、わたしは寝つかれなくて、粗末なベッドの上でごろごろしていた。結局、朝まで一睡もできなかった。夕方、二人の警官がわたしを逮捕にやってきた。とっくに死んだが、おふくろの嘆きはたいへんなものだった。わたしは犯罪者なみの扱いで連行された。そしてまる二日間、留置場にぶち込まれていた。誰ひとり面会に来やしない。親友のルイス・イラーラは別だった。面会を許されなかったのだ。朝方、わたしは署長の前に呼び出された。椅子に腰かけた署長はろくに人の顔を見ないで、こう言った。

「ガルメンディアを殺《や》ったのは、おまえか？」

「らしいね、署長」

「署長さん、と言え。しらを切らずにあっさり吐くんだ。ここに証人たちの供述書や、きさまの家で見つかった指輪がある。さっさとこの調書にサインしろ」

署長はペンをインク壺にひたしてから、眼の前に突きつけた。

「しばらく考えさせてくださいよ、署長さん」と、わたしはとっさに答えた。

「二十四時間やるから、留置場に戻ってよく考えろ。あわてることはない。言うことを聞かなければ、ラス・エラスのあそこで、ゆっくり休んでもらうことになる。いいな？」

当然だが、わたしはなんのことかさっぱりだった。

「うんと言えば」と署長は続けた。「ただ二、三日ここにいるだけで、あとは釈放になる。ドン・ニコラス・パレデスが面倒を見るとおっしゃってるんだ」
二、三日が実際には十日になった。それでやっと、わたしのことを思い出してくれたのだ。言われたとおりにサインをすると、例の警官たちの一人がカブレラ街まで送ってくれた。

杭《くい》に何頭もの馬がつながれ、女郎屋よりもっと大勢の人間が玄関のホールやその奥にあふれていた。そこが党の事務所らしかった。ドン・ニコラスはマテ茶を飲んでいる最中で、それが終わってからわたしに会ってくれた。彼はのんびりした口調で、モロンへ行ってもらうつもりだ、選挙の準備中なので、と言った。そしてラフェレル氏を紹介してくれた。使えるかどうか、その男がわたしを試すというのだ。紹介状を書いたのは黒ずくめの服装をした若い男で、聞いた話によると、この男はコンベンティジョや垢《あか》まみれの連中を歌った詩を書いているということだった。そんな題材が教養のある読み手たちの興味をよぶはずがないのに。ともかく、わたしは好意を感謝してそこを出た。帰りにはもはや警官の姿はそこらになかった。

万事が順調だった。神はその為《な》されることをちゃんとご存じだ。ガルメンディアを殺《や》ったおかげで、初めは面倒なことになったが、いまでは逆に運が開けはじめたというわけだ。もちろん、警察はわたしから眼をはなさなかった。党の役に立たなければ、わたしを牢屋にぶち込むにちがいない。しかし、わたしははりきっていた。自分に自信があった。

ラフェレル氏はわたしに、まじめに働いてもらいたい、ボディーガードくらいには取り立ててやれるだろう、と言った。わたしは期待にそむかなかった。モロンで、後には自分の町で、ボスたちの信頼をかちえた。警察や党のなかでわたしの気っぷのよさは評判になり、首府や地方での選挙にはなくてはならぬ人間にのしあがった。そのころの選挙は、それはもう荒っぽいものだった。退屈させては悪いから、いちいち血なまぐさい事件の話をするのはやめよう。ともかくわたしは、アレン*の鼻息をうかがってぺこぺこしている急進派の連中が我慢ならなかった。誰もがわたしには一目おいていた。わたしは、ルハネラという女と栗毛のみごとな馬を手に入れた。何年ものあいだ、わたしは無法者のモレイラ気取りで暮らした。おそらく、生きていたころの彼も、ほかの見世物のガウチョの類いのまねをしていたのにちがいないのだ。わたしはトランプに夢中になり、アブサンを浴びるように飲んだ。

年寄りの話はどうも長くて。しかし、肝心な話はこれからだ。たしか、ルイス・イラーラのことは言ったと思うが。あんないい友だちはめったにいない。もうかなりの年配だったが、それはもう仕事熱心で、わたしをたいへんかわいがってくれた。党の事務所に足をふみ入れたことは一度もなかった。仕事は大工だった。誰のじゃまもしなかったが、他人に干渉されることもきらった。その彼がある朝わたしのところへやってきて、こう言った。

「カシルダが家を出たって話は、もう聞いたろう。わしから女房を奪《と》った相手は、ルフィーノ・アギレラだ」

わたしはこの男と、以前、モロンで付き合ったことがあった。わたしは答えた。

「やつなら知ってる。アギレラを名乗っている者のなかでは、まあましなほうだ」

「ましかどうか知らんが、わしは、このまま黙って引っ込んでるわけにはいかん」

わたしはしばらく考えてから言った。

「こいつは、女を奪《と》った奪られたという話じゃないだろう。カシルダがあんたを捨てたのは、ルフィーノが好きになり、あんたなんかどうでもよくなったからだ」

「しかし、世間はなんと言うだろう？　わしのことを腰抜けとか？」

「忠告させてもらう。気にすることはない、世間がなんと言おうと。あの女はもうあんたを愛しちゃいないんだ」

「わしもう、あの女なんかどうでもいい。おなじ女のことを五分も考えてるようなやつがいたら、そいつは男じゃない。腰抜けだ。それにしても、カシルダは冷たい女だよ。いっしょに過ごした最後の晩など、あんたももう年ね、とぬかしゃがった」

「それはほんとうだろう」

「ほんとうのことを言われるくらいつらいことはないさ。いまわしが考えているのは、ルフィーノのほうだ」

「気をつけたほうがいい。いつかルフィーノがメルロの投票場で働いているところを見た。やつは手が早いんだ」

「わしがやつを怖がっているとでも思うのかね?」

「怖がっていないことはよくわかってる。しかし、よく考えるんだ。道は二つに一つ。やつを殺《や》って暗いところへほうり込まれるか、やつに殺られてチャカリタの墓地で眠るか……」

「なるほど。で、あんたがわしだったら、どうする?」

「さあね。おれはお手本にならんぜ。ほんの若僧だし、牢屋に入れられるのがいやで、党の事務所の用心棒になったような男だ」

「党の事務所の用心棒になる気はさらさらないが、貸しは返してもらうつもりだ」

「顔を見たことのない男や、もうあんたを愛してない女のために、いまの静かな暮らしを捨てるつもりかい?」

わたしの言うことを聞こうとしないで、彼は帰っていった。そしてその翌日、わたしたちは、彼がモロンのある店でルフィーノに喧嘩を吹っかけ、この男に殺されたことを知った。

彼は死を覚悟して出かけてゆき、男らしく堂々と戦って殺されたのだ。友だちとしての忠告は一応したつもりだったが、わたしは気が咎《とが》めてならなかった。

通夜がすんで何日目かに、わたしは闘鶏場へ足を向けた。それまでは闘鶏に熱を上げたことはなかったのだが、とくにその日曜日は、見ていてほんとに胸が悪くなった。この軍鶏《しゃも》たちは、いったいどうなってるんだ、なんの理由もなく殺し合ってるが、と思ったのだ。

わたしの話、いや、わたしの話を締めくくる事件のあった夜、わたしは仲間と混血のラパルダという女の酒場にダンスに行く約束をしていた。ずいぶんむかしのことだが、連れの女が着ていた花模様のドレスのことを、いまでもよく覚えている。ダンスは中庭で行なわれた。騒ぎを起こす酔っぱらいがいたが、わたしは自分からその役を買って出て、ことを収めた。十二時前に、見かけない連中が押しかけてきた。仲間から肉屋と呼ばれ、その晩のうちに闇討ちに遭って死ぬ男が、景気よくみんなに酒をおごった。まったくの偶然だが、わたしたちはよく似ていた。彼はなにか企《たくら》んでいるようだった。やがて男はそばに寄ってきて、しきりにわたしを持ち上げはじめた。町の北のほうの人間だが、そのへんまでわたしの評判は聞こえている、と言った。わたしは勝手にしゃべらせておいたが、相手の魂胆は読んでいた。勇気をつけるように男は盛んにジンをあおり、ついにわたしに決闘を挑んだ。そのとき誰にも理解できないことが起こった。この威勢のいい間抜けな男が鏡に映った自分のような気がして、わたしは恥ずかしくなったのだ。恐怖は感じなかった。それを感じていたら、おそらく外に出て決闘をしただろう。わたしは知らんふりをした。相手はわたしの顔をのぞき込むようにして、みんなに聞こえる大きな声で叫んだ。

「なんだ、この腰抜け野郎!」

「そうとも」とわたしは言った。「腰抜けとよばれても、おれはへっちゃらだ。そうしたきゃ、淫売の子と言われても、唾《つば》を吐きかけられても黙っていた、と触れて回っていいぜ。どうだい、これで気がすんだかね?」

わたしがいつも腋《わき》の下に隠しているナイフをルハネラが抜き出して、ものすごい顔でわたしの手ににぎらせ、そして言った。

「ロセンド、これが要るんじゃない」

わたしはそれをほうり投げて、悠々と出ていった。みんなはあっけに取られたような顔で道をあけた。彼らがどう思おうと、わたしはどうでもよかった。

そんな生活とすっぱり縁を切るため、わたしはウルグアイに行き、そこで馬方になった。またこの土地に戻ってからは、ずっとここに腰をすえている。サン・テルモ*はむかしから、落ち着いたいい町だ。

めぐり合い

スサーナ・ボンバル*に捧げる

毎朝新聞に眼を通すことがあっても、それは、読んだことはすぐ忘れるか、その日の午後の話題にするくらいのものだ。したがって、当時はたいへん評判になったマネーコ・ウリアルテとダンカンの事件を誰ひとり記憶していなくても、あるいは夢のなかのできごと程度にしか記憶していない者がいても、不思議はない。それに第一、事件があったのは一九一〇年、すなわち彗星出現と独立百年祭の年のことである。あれからわれわれの身には得失、実にさまざまなことがあった。主人公たちももはやこの世にいない。あのとき、事件の目撃者たちは厳粛に沈黙を誓い合ったものだ。わたしもまた、手を挙げてその誓いを立てた一人だった。九歳か十歳という年ごろにふさわしいセンチメンタリズムと一途《いちず》さで、この儀式の深い意味を嚙《か》みしめながら。わたしが誓いを立てたことをほかの仲間が知っていたかどうか、また彼らがその誓いを守ったかどうか、その点はわからない。ともあれ、事件のあらましは次のとおりである。むかしのことだし、文章の上手下手もあるから、事実と食いちがっている点があっても、それはしかたがない。

　その日の午後、わたしはいとこのラフィヌル*に連れられて、ロス・ラウレレスの別荘のバーベキューパーティーに出かけた。ロス・ラウレレスの正確な位置を教えることはできないが、たとえば、この広い大都会や周辺の平原とはちがい、川岸のゆるやかな傾斜地に開けた、木陰の多い、のどかな北部の村の一つを思い浮かべてもらえばいい。汽車の旅は退屈なほど長かった。しかし言うまでもないが、子供の時間はゆっくりと流れるものだ。日が暮れかけるころ、わたしたちはやっと別荘の門をくぐった。ほどよく焼けた肉の匂い、木立ち、犬、枯れ枝、人びとが周りに集まっている火。わたしは、むかしながらの素朴なものがそこにあるのを感じた。

　客の数は十人前後、いずれも大人だった。もっともあとで知ったことだが、いちばん年長の者でさえ三十を越えてはいなかった。競走馬、服の仕立て、車、眼の玉の飛びでるほど高いものにつく女など、いまもってわたしの不案内な事柄にくわしい者ばかりであることに、わたしは間もなく気づいた。一人としてわたしの内気な心をおびやかす者はなかった。わたしのことを気に留める者さえいなかった。雇い人の一人が時間をたっぷりかけて上手に焼いた子牛のせいで、わたしたちは広い食堂にいつまでもとどまっていた。ワインの年代が話題になった。その場にギターがあり、いとこがエリアス・レグレス*の曲を、たしか「あばら家」と「ガウチョ」を歌ったことを覚えている。彼はまた、フニン街の一軒の店であったナイフの決闘を扱ったもので、当時ようやく知られだしたルンファルドの十行詩を歌った。コーヒーと葉巻が出されたが、帰ろうと言いだす者は一人もなかった。ルゴネス*の言葉ではないけれども、わたしは、いつしか過ぎた時が不安になりだした。時計を見るのを避け、大人のあいだにまじった子供の孤独をまぎらわすために、うまくもない酒を一杯か二杯飲んだ。ウリアルテが大きな声でダンカンに、二人でポーカーをやらないか、と言った。誰かが反対して、それでは勝負がつまらない、四人でやろう、と持ちかけた。ダンカンもこれに賛成したが、ウリアルテは執拗《しつよう》に——わたしにはその理由がわからなかった。とくにわかろうとも思わなかったが——最初のやり方にこだわった。いろんな駆け引きで暇をつぶすことが主な目的であるトゥルーコ*遊びや、ささやかな迷路を思わせるひとり遊びはともかく、わたしはトランプが好きではなかった。誰にも気づかれないように、わたしはその場を逃げ出した。明かりは食堂にしかなくて暗く、勝手のわからない屋敷は、子供にとって、旅人の場合の異国よりもはるかに神秘的なものだ。わたしは一つずつ部屋を探検した。ビリヤード室、四角や菱形のガラスがはめ込まれた回廊、二脚のデッキチェア、四阿《あずまや》の見える窓などを、いままでも思い出すことができる。やがて、わたしは暗闇のなかで方角の見当がつかなくなった。むかしのことなので、アセベドであったかアセバルであったか、その名前さえはっきりしないが、屋敷の主人がやがてわたしを見つけてくれた。主人は親切に、というよりは収集家らしい虚栄心から、わたしを一つのガラス戸棚まで案内してくれた。主人がランプに明かりをともすと、そこに納められているたくさんのナイフが見えた。それらはいずれも使い手によって知られたもので、主人の話では、ペルガミノ近辺にちょっとした農場を持っており、田舎をあちこちしているうちに自然に集まったということだった。主人はガラス戸棚を開き、説明書きも見ないで、場所と日付こそちがうがだいたい似かよった、それぞれの来歴を話してくれた。わたしは、もっと後のマルティン・フィエロやドン・セグンド・ソンブラ*とおなじように、当時ガウチョの典型とみなされていたモレイラのナイフがそのなかにあるかどうか、尋ねた。主人は、残念ながらそれはない、しかし似たものがある、と言って、U字型の鍔《つば》のついたものを見せてくれた。騒々しいどなり声が聞こえ、主人は話を中途でやめて、急いでガラス戸棚を閉めた。わたしは主人のあとを追った。

ウリアルテが相手がいかさまをやったと喚《わめ》いており、仲間がその周りに立っていた。わたしの記憶では、ダンカンはほかの者たちより背が高く、猫背の気味はあったがたくましい体つきをしていた。表情に乏しく、髪は白に近いブロンドだった。マネーコ・ウリアルテは神経質そうな男だった。きざな薄い口髭《くちひげ》など生やして、インディオの血がまざっているのか髪も黒かった。明らかにみんなは酔っていた。床に二、三本の酒瓶《さかびん》がころがっていたようだが、しかしこれは、映画の見すぎによる思いちがいかもしれない。ウリアルテの辛辣《しんらつ》で、品のよくない悪口雑言はいっこうにやまなかった。ダンカンは馬耳東風を装っていたが、そのうちにうんざりしたのだろう、立ち上がって、相手に一発くらわせた。ウリアルテは床に倒れ、その格好で、こんな目に遭って黙っていられるか、と喚き、決闘を挑んだ。

ダンカンは首を横に振り、言いわけのようにこう言った。

「実は、ぼくはあんたが怖いんだ」

みんなはどっと笑った。

すでに立ち上がっていたウリアルテが応じて、

「こうなったら決闘だ、それもこの場で！」

よせばいいのに、ある男が、得物はこと欠かない、と言った。

何者かが戸棚を開けた。マネーコ・ウリアルテは、U字型の鍔《つば》のついたもの、いちばん目につく、いちばん長い武器をえらんだ。ダンカンは無造作に、刃に苗木の模様が刻まれた、木の柄のナイフを手に取った。ある男が、サーベルみたいなしろものをえらぶところがマネーコだ、と言った。マネーコの手が震えていることに誰も驚かなかったが、ダンカンの手までがおなじ状態にあることには、みんなが意外さを覚えた。

しきたりによれば、これから決闘をしようという男は、招かれている家に迷惑をかけてはならず、外で闘わなければならなかった。なかば浮かれた、なかば真剣な気持ちで、わたしたちは夜露でしめった戸外へ出た。わたしは酒ではなく修羅場への期待で陶然となっていた。あとで話の種になる、いい思い出にもなる、どちらかが殺《や》ればいい、そう思っていた。あのときはほかの連中も、どうやらわたし以上に分別が働いてはいなかった。わたしはまた、誰にも押さえられない旋《つむ》じ風がわたしたちをさらい、消してしまうのを感じた。マネーコの言いがかりをそのまま信ずる者はなく、みんなが、それは酒のせいもあるが、古くからの敵意から出たものだと解した。

わたしたちは木立ちのなかを歩き、四阿《あずまや》の後ろまで行った。ウリアルテとダンカンの二人が先頭だった。不意打ちを恐れるように互いに相手をうかがっているのが、わたしには奇妙な印象を与えた。わたしたちは芝生の植え込みに沿って進んだ。

ダンカンが有無を言わさぬ落ち着いた声で提案した。

「この辺がいいだろう」

二人は一瞬ためらうような様子で、人垣のまんなかに立っていた。

ある声が呼びかけた。

「そんな面倒な刃物は捨てて、素手でやったらどうだい！」

だが、すでに二人は闘っていた。最初、彼らは相手を傷つけるのを恐れているのか、体の動きがにぶかった。初めのうちはナイフに視線を向けていたが、やがて相手の眼を見つめた。ウリアルテは怒りを忘れ、ダンカンは人を小馬鹿にした冷たい態度を捨てた。危険が彼らを変えてしまったのだ。いまでは、闘っているのは二人の若者ではなく、二人のれっきとした大人だった。わたしは白刃の入りみだれる決闘を予想していたが、まるでチェスを見るように、動きをすべて、あるいはほとんど追うことができた。もちろん、歳月によってわたしの見たものが誇張されたり、ぼかされたりしなかったはずはないが。どのくらい闘いが続いただろうか。ありきたりの時間の計り方は用をなさないできごとがあるのだ。

防御に使うポンチョがないので、二人は前腕でナイフの切っ先を受け止めていた。袖口はたちまち裂けて、どす黒い血で染まった。彼らがこの種の闘いに慣れていないと思っていたのは、とんでもないまちがいだったと、わたしは気づいた。間もなく、彼らの闘いぶりが異なっていることを知った。得物の長さがまちまちなのだ。ダンカンはその不利をおぎなうために、相手にできるだけ近づこうとした。ウリアルテは後ろに退いて、遠くから突き上げるようにナイフを振るった。戸棚を教えたのとおなじ声が叫んだ。

「本気で殺《や》る気らしい。やめさせろ！」

誰にもあいだに割って入る勇気がなかった。ウリアルテが足をすべらせ、それを見てダンカンが襲いかかった。二つの体がほとんど触れ合った。ウリアルテの得物がダンカンの顔に向かっていった。急にそれが短くなったように思えた。相手の胸に突き刺さったのだ。ダンカンは芝生に横たわった。ひどく小さな声で言った。

「妙だな。まるで夢でも見ているようだ」

眼を開けたまま身動きしなくなった。わたしは、一人の男が別の男を殺すのを見たのだった。

マネーコ・ウリアルテは死人の上にかがみ込んで許しを乞うた。人前もはばからずすすり泣いた。たったいま自分のやったことが彼には理解できなかった。いまになって思うのだが、彼は犯した罪より行為の愚かさを悔やんでいたのにちがいない。

わたしはそれ以上、見ている気になれなかった。かねがね見たいと思っていたことが起こったのはいいが、わたしはすっかりまいっていた。ラフィヌルからあとで聞いた話だと、力いっぱい得物を抜き取らなければならなかったという。その場で相談が始まった。できるだけ事実をまげないために、ナイフでなくサーベルで決闘が行なわれたことにした。アセバルを含めて四人が介添えの役を引き受けた。ブエノスアイレスでは万事がうまく運ばれる。いろいろとコネがあるのだ。

マホガニーのテーブルの上に英国製のトランプや紙幣がちらばっていたが、そちらを見たり触ったりする者は一人もなかった。

その後の数年、わたしは一度ならず友人にこの話をしたい誘惑に駆られたが、そのたびに、秘密を胸に抱いているほうがそれを口にするよりは楽しいと考えた。ところが一九二九年ごろ、たまたま人と話をしているうちに突然、長い沈黙を破る気になった。元署長のホセ・オラーベが、レティーロ*の低地が生んだ名うてのナイフの使い手たちの話をしたあとで、この連中は相手をだしぬくためならどんな卑劣なことでもやりかねない、また、ポデスタ*やグティエレスが現われるまでは、クリオジョ風の決闘はめったに見られなかった、と言ったのである。その一つをこの眼で見た、と答えて、わたしは何年も前のあのできごとを話して聞かせた。

彼はその方面の者らしい熱心さで耳を傾けていたが、やがてこう言った。

「ウリアルテとその相手がそれまでナイフを手にしたことがないというのは、ほんとうかね？　ひょっとして田舎にいたあいだに、少しはやったんじゃないのかな」

「そんなことはない」とわたしは答えた。「あの晩あそこにいた連中は顔見知りで、それがみんな驚いていたんだから」

オラーベはひとり言のように、のんびりした口調で続けた。

「得物の一つはU字型の鍔《つば》がついていた……こういう型のナイフで有名なのは二本しかない。モレイラの使ったやつと、タパルケン生まれのファン・アルマダが持ってたやつだ」

わたしも思い出したことがあったが、オラーベは続けた。

「あんたは、たしか、苗木印《アルボリト》の木の柄のナイフのことを言ったね。そういうのは何千本もあるが、ただ一つ……」

彼はしばらく黙っていてから、さらに続けた。

「アセベド氏はペルガミノの近くに農場を持っていた。これも有名なナイフの使い手でファン・アルマンサという男が、十九世紀の終わりごろ、そのへんをうろついていたんだ。十四歳のときに初めて人を殺してから、彼はずっと、刃の短いナイフを使っていた。縁起をかついでいたんだな。よく人にまちがえられるというので、このファン・アルマンサとファン・アルマダは憎み合っていた。長いあいだ相手を探していたが、どうしてもめぐり合えなかった。ファン・アルマンサは選挙騒ぎの最中に流れ弾に当たってくたばった。もう一人は天寿を全うして、たしかラス・フロレス*の病院で死んだ」

その午後の話はここで終わった。わたしたちはめいめい物思いに沈んだ。

ぐさりと突き刺さったナイフ。地面に倒れている死体。すでにこの世にいないが、九人か十人もの人間が、わたしがこの眼で見たものを見たわけだ。しかし彼らが見たのは、実は、もっと古い、別の話の結末だった。マネーコ・ウリアルテがダンカンを殺したのではない。闘ったのは人間ではなく、ナイフだった。ガラス戸棚の奥にならんで眠っていたところを人間の手によって目覚めさせられたのだ。目を覚ましたときナイフはきっと身震いしたことだろう。だからこそウリアルテの手は震え、だからこそダンカンの手は震えたのだ。二本のナイフ——道具ではなく、人間である——は決闘の心得があって、あの夜、みごとな闘いぶりを示したのだ。それらは長い年月、相手を求めて田舎の道をはるばる旅し、持ち主のガウチョたちがとっくに土に還ったころに、やっとめぐり合った。その刃金《はがね》のなかで、生臭い執念が時節を待ちながら眠っていたのだ。

物は人間よりも持ちがいい。この話はここで終わりなのかどうかわからない。ナイフがふたたびめぐり合うことがないかどうか、これもわからない。

ファン・ムラーニャ

長い年月、わたしはパレルモ育ちだとくり返してきたが、これは言葉の綾《あや》というもので、実際にわたしが育ったのは、忍び返しのついた長い塀の奥、父や祖父たちが使った書斎があり庭園があるという屋敷のなかだった。みんなの話では、ナイフとギターの町パレルモはその外にあったのだ。わたしは一九三〇年に、われわれの隣人で下町を歌い、称えたカリエゴ*について研究書を上梓したが、それから間もなく、たまたまエミリオ・トラパニと出会った。モロンへ出かける途中、車窓のそばにいたトラパニから名前を呼ばれたのだ。彼だということが容易にわからなかった。タメス街の学校*でおなじ椅子に腰かけていたこともあるのだが、月日がたちすぎていた。ロベルト・ゴデル*なら、彼を覚えているはずだ。

わたしたちは懐かしさを感じたことはなかった。時間もそうだが、お互いの無関心がわたしたちを遠ざけてしまっていた。しかし、いま思い出すと、あのころのルンファルドの手ほどきをしてくれたのは彼だった。わたしたちのあいだであの平凡な会話の一つが始まった。つまらないことをしつこく尋ね合ったり、もはや一個の名前でしかない同級生の死を教えられたりというものだ。突然、トラパニが言った。

「カリエゴについて書いた、あんたの本を貸してくれたやつがいてね。あのなかで無法者のことをいろいろ書いているが、ボルヘス、正直に言ってくれ。あんたは、無法者のことをほんとに知ってるのかね？」

何か怖いものでも見るような眼で、彼はわたしの顔をのぞいた。

「資料を集めたんだよ」とわたしは答えた。

わたしにその先を続けさせずに、トラパニは言った。

「資料は単なる言葉。ぼくは、資料なんかいらん。あの連中のことを、よく知っているんだ」

しばらく沈黙していたが、やがて彼は秘密でも打ち明けるように言った。

「ぼくは甥《おい》なんだよ、フアン・ムラーニャの＊」

九〇年代のパレルモで活躍した無法者のなかでもっとも名の聞こえているのがムラーニャだった。トラパニは続けた。

「伯母のフロレンティナが彼の連れ合いだったのさ。どうだ、おもしろい話だろ?」

わたしは、めりはりのきいた長ながしい文句などから考えて、彼がこの話をするのはいまが初めてではないと感じた。


おふくろは、自分の姉がフアン・ムラーニャのような男といっしょになったことを、ひどくいやがっていた。伯母のフロレンティナにとっては男らしい男かもしれないが、おふくろに言わせると、ただのろくでなしというわけさ。この伯父の運命については、いろんな噂が立っていた。ある晩、酔っ払っていてコロネル街の角で御者台から転げ落ちたとか、石で頭を割られたとか、言う者もいた。また、その筋に追われてウルグアイに逃げ込んだ、とも言われていた。なにしろおふくろは義理の兄をきらっていたから、はっきりしたことを教えてくれなかったんだ。ぼくもほんとに小さかったから、彼のことはなんにも覚えていない。

独立百年祭のころ、ぼくの一家はラッセル小路*の、うなぎの寝床のような家に住んでいた。奥の戸はいつも閉め切られていたが、サン・サルバドル街に面していた。屋根裏に、年を取って少々頭のおかしくなった伯母が住みついていた。伯母は骨と皮ばかりになっていて、ひどく背が高かった。ぼくにはそう見えた。めったに口をきかず、風を怖がって、絶対に外に出ようとしなかった。ぼくたちがそこへ入ることをいやがったが、そう言えば一度か二度、食物を盗んできて隅に隠しているのを見たことがある。町の噂では、ムラーニャが死んでから、いや、姿を消してから、気が変になったということだった。思い出のなかの伯母は、いつも黒い喪服を着ている。独りごとを言う癖があった。

　家はバラカス*に店をかまえていた床屋でルケッシという男のものだった。おふくろはうちで仕立てをやっていたが、暮らしは楽ではなかった。ぼくにはよくわからなかったけれど、裁判所の役人とか、差し押さえとか、家賃不払いによる追い立てとかいった言葉が陰でささやかれているのを耳にした。おふくろは心配のあまりおろおろしていた。ところが伯母は馬鹿のひとつ覚えのように、グリンゴ*がわたしたちを追い出そうたって、そうはいくものか、ファンが許しゃしない、と言うだけさ。そしてぼくもおふくろもすっかり暗記していたが、こんなむかし話を始めるんだ。鼻息の荒い南部生まれの男がムラーニャの度胸がどうのこうのと言った。それが耳に入ると、ムラーニャはすぐさま川向こうまで出かけていって相手を探し、ひと突きでかたづけ、死体をリアチュエロ川*に投げ込んだというのさ。ほんとかどうか怪しいが、さしあたり肝心なのは、こういう話が伝わり信じられていたことだろう。
ぼくもセラーノ街*の戸口にうずくまって寝たり、物乞いをしたり、桃の籠《かご》をかかえて売り歩いたりという夢を見たもんだ。桃売りならいいと思ったな、学校へ行かずにすむから。

そうした不安な状態がどのくらい続いたか、あるとき、あんたの亡くなったお父さんがこう言って慰めてくれた。お金は何センタボ、何ペソと勘定できるが、時間は日数だけで計れない。一ペソはどこまでも一ペソ、ところが時間は一日ごとに、おそらく一時間ごとにちがうんだから、とね。お父さんの言うことがよくわからなかった。しかし、言葉だけは頭に焼きついている。

そのころのある晩、ぼくは恐ろしい夢を見た。伯父のフアンの夢を見たのだ。一度も会ったことはないが、ぼくは、伯父は薄い髭《ひげ》に長い髪、インディオ風の、たくましい男ではないかと思っていた。ぼくたち二人は、大きな石がごろごろしている雑草だらけの道を、南へ向かって歩いていた。しかし、この草ぼうぼうの石ころ道はタメス街のようでもあった。夢のなかの太陽は真上にあった。伯父のフアンは黒い服だった。伯父は建築の足場のような狭いところで立ち止まった。上着の心臓のあたりに片手を入れていたが、その格好は得物を取り出そうとするのではなく、隠そうとしているような感じだった。伯父はいかにも悲しそうな声で、変わり果てたこの姿を見てくれ、と言いながら手をぬうっと出した。見えたのは、禿鷹《はげたか》の爪だった！　暗闇のなかで悲鳴をあげながら、ぼくは目を覚ました。

翌日、いっしょにルケッシの家まで行くようにおふくろに言われた。家賃の支払いを待ってくれるように頼むためだったと思う。おそらく、お金の貸し手に心細い身の上を察してもらうつもりで、ぼくを連れていったのだろう。おふくろは姉にはひとことの相談もしなかった。そんな卑屈なまねをするのを許すはずがなかったから。ぼくはそれまで、バラカスに足をふみ入れたことがなかった。人や車の数がむやみに多くて、空き地が少ないように思われた。角まで来たときだ。尋ねてきた番地の前に警官たちが立ち、周りに人が集まっているのが見えた。そして一人の男が、人だかりのなかをあちこちしながら、明け方の三時ごろに物音で目を覚ますと、ドアが開いて、何者かがなかへしのび込んでいく気配がした、とくり返していた。ドアを閉めた様子はなく、朝になって、ルケッシが服を着かけた姿で玄関に倒れているのが見つかったという。めった突きにされていた。彼は独り暮らしだった。警察は犯人を突き止めることができなかった。何ひとつ盗まれたものはなかった。ある男が思い出して、最近のルケッシはほとんど失明に近い状態だった、と言った。別の男がもったいぶった声で、やつも年貢の納めどきだったのさ、と言った。その言葉と声の調子はぼくの心を強くゆさぶった。年を取るにつれて、誰かが死ぬたびにおなじことを口にする、しかつめな連中がいるってことがわかったが。

通夜に集まった人びとにコーヒーをすすめられて、ぼくも一杯もらった。死者のかわりに蠟人形《ろうにんぎょう》が棺桶に納められていた。そのことをおふくろと話していると、葬儀係の一人が笑いながら、この黒い服を着せられた人形がルケッシさんだよ、と言った。ぼくは憑《つ》かれたようにルケッシの遺体を眺めていた。おふくろはぼくの袖を引っぱらなければならなかった。

何か月ものあいだ世間は事件の話でもちきりだった。当時は犯罪も珍しかったのだ。たとえば、メレーナやカンパナ、シジェテロなどの事件がどれほど評判になったか、考えてみればわかる。ブエノスアイレスの人間で平然と落ち着きはらっているのは、伯母のフロレンティナひとりだった。伯母はいかにも年寄りらしいくだくだしさで、こうくり返した。

「わたしの言ったとおりだろ。あのグリンゴがわたしたちを追い出そうとしても、ファンが許しゃしないってね」

ある日、土砂降りの雨になった。とても学校へは行けないので、ぼくは家のなかを探検することにした。屋根裏へ上がってみた。するとそこに、両手を膝に重ねて伯母がすわっていた。伯母は考えごとをしているとも思えなかった。部屋じゅう黴《かび》の臭《にお》いがした。片隅に鉄のベッドがあって、そのパイプの一本に数珠《じゅず》がかけられ、別の一本には、服をしまうのに使われる木製のトランクがくくりつけられていた。白塗り壁の一面にカルメンの聖母像が貼られていた。ナイトテーブルの上にランプがあった。

視線も上げずに伯母は言った。

「何をしにここへ来たか、わかってるよ。ママがよこしたんだろ。いくら言ってもわからないんだから。わたしたちを助けてくれたのはファンだよ」

「ほんと?」ぼくは思いきって言った。「ファン伯父さんは十年以上も前に死んでるんだよ」

「ファンはここにいるよ」と伯母は言った。「会わせてやろうか?」

伯母はナイトテーブルの引き出しを開け、ナイフを取り出した。

それから穏やかな声で、

「さあ、ごらん。わたしは知ってた。フアンが見捨てるわけがない。どこを探しても、あんな男はいないよ。あのグリンゴもあっさりかたづけちゃったのさ」

それでやっとぼくにもわかった。この気の触れた哀れな女がルケッシを殺《や》ったのだ。憎しみと狂気、そしておそらく愛に駆られて、南向きの戸口から抜け出し、深夜の通りをあちこちさまよったあげく、ついに目指す家にたどり着いて、その骨ばった大きな手でナイフを相手に突き立てたのだ。ナイフこそムラーニャ、彼女が愛しつづけている死者だった。

おふくろにもこの話をしたかどうか、その点はわからない。追い立てをくう少し前に、死んでしまったんでね。

あれっきり会っていないが、以上がトラパニから聞いた話である。あとに残されて、自分の男を、自分の虎を、それが置いていった残忍な道具と、由緒ある得物といっしょくたにするようになったあの女の物語には、一つの、いや、多くの象徴的なものが秘められているように思う。フアン・ムラーニャは、わたしにもなじみの通りを徘徊《はいかい》したのだ。彼もまた、人間たちが知るべきことを知った。死の味を知り、やがてひと振りのナイフとなった。いまはまだナイフとして記憶されているが、明日は忘れられる。すべての者から忘れ去られるのだ。

老夫人

一九四一年一月十四日でマリア・フスティナ・ルビオ・デ・ハウレギは百歳になろうとしていた。ラテンアメリカ独立当時の軍人の娘でまだ亡くなっていないのは、彼女だけだった。

父親のマリアノ・ルビオ大佐は、小物の英雄と呼んでも礼を失することにはならない存在であった。地方の農場主の子としてブエノスアイレスのラ・メルセー教区に生まれ、後にサン・マルティン麾下《きか》のアンデス方面軍の少尉に任官、チャカブコ*や大敗を喫したカンチャ・ラヤーダ*、マイプー*や二年後のアレキパ*の戦闘に参加した。このアレキパの戦いで大佐はホセ・デ・オラバリア*とサーベルの名誉の交換をしたという話が伝わっている。二三年の四月上旬、かの有名なセロ・アルトの会戦があった。戦闘がおもに谷間でくり広げられたために、セロ・ベルメホの会戦とも呼ばれているあれである。わが国の栄光を嫉視《しっし》してやまないベネズエラ人たちは、この会戦における大勝をシモン・ボリバル将軍*の功に帰しているが、公平な観察者であるアルゼンチンの歴史家は欺かれることなく、勝利の栄冠はあくまでもマリアノ・ルビオ大佐のものだとしている。大佐はコロンビアの軽騎兵一個連隊を率いて白兵戦をいどみ、勝敗の帰趨《きすう》を決する働きをした。この会戦こそは、それに劣らず名の聞こえたアヤクチョ*の戦いの前哨戦にほかならない。大佐はこれにも参加し、戦闘中に負傷した。二七年には、大佐はアルベアル*の麾下《きか》にあって、イトゥサインゴー*の戦闘で勇猛ぶりを発揮した。ロサス将軍と縁戚関係がありながらラバージェ*に組して、つねづね、まさに肉弾戦であったと語っていたが、ある作戦で反徒を潰走させたことがある。統一派が敗れたあと、大佐はウルグアイに逃れ、そこで結婚した。大会戦中に、おりからオリーベ*の白軍によって包囲されていた、モンテビデオの要塞で死亡した。すでに頽齢《たいれい》と言ってもよいと思うが、四十四回目の誕生日を目前にしていたときであった。大佐はフロレンシオ・バレーラ*と親交があった。士官学校の教官たちは大佐の卒業を認めなかったというのが、どうやら事実らしい。大佐は実戦に合格しただけで、学科試験にはただの一つもパスしていないのだ。二人の娘があとに残されたが、その下のほうのマリア・フスティナが本編の主人公である。

五三年という年も押しつまったころ、大佐の未亡人と娘たちはブエノスアイレスに居を定めた。独裁者によって没収された田舎の家屋敷を取り戻すことはできなかったが、この失われた広大な土地の思い出は、一度もそこを訪れたことがないにもかかわらず、一家の者の心のなかに長く生きていた。十七歳でマリア・フスティナはベルナルド・ハウレギ博士と結婚した。博士は民間人ながらパボン*とセペーダ*の戦闘に参加し、黄熱病の治療中に殉職した。あとに残された一男二女のうち、長男のマリアノは税務官となったが、国立図書館や文書館によく通った。英雄である祖父の綿密な伝記を書きたいという目的があってのことだ。それは完成しなかった。一字も書かなかったのではないか。長女のマリア・エルビラは財務省の役人をしていたたいとこのサアベドラという者と、またフリアは、イタリア系の苗字《みょうじ》ながらラテン語の教師をつとめ、きわめて教養の豊かなモリナリ氏と結婚した。孫や曽孫《ひまご》のことは省かせてもらう。英雄の影につつまれ、亡命中に生まれたその娘が采配《さいはい》をふる、零落した名家を読者が想像できればそれでよい。

一家は、パレルモのグアダルペ教会*から遠くないところにある家で、慎ましく暮らしていた。マリアノの記憶によれば、そのころグラン・ナショナル・ラインズ*の電車の窓から、トタン板を張ったものではない、むきだしの煉瓦の小屋が水辺にぽつんぽつんと立っている湖が見えたという。むかしの貧しさは、いまの産業がわれわれに課するそれに比べれば、よほどましだったのだ。金があるといっても、こちらもいまほどではなかった。

　ルビオ家の部屋は町の雑貨屋の上にあった。横の階段はせまかった。右手にある手すりは、帽子掛けや椅子の置かれた暗いホールの壁の一つまで続いていた。ホールは布張りの家具を配置した小さな広間に接し、この広間はマホガニーの家具やガラス戸棚のある食堂に通じていた。強い日ざしを恐れていつも下ろされている鉄のシャッターのせいで、淡い光しかなかに射し込まなかった。しまい込まれた道具の臭《にお》いをわたしは思い出す。奥には寝室や浴室、洗濯用の流し場を備えた中庭や女中部屋があった。家じゅう探しても、アンドラデ*の詩集、いろいろと書き込みのある大佐の伝記、分割払いがきくし専用の棚がつくというので買った、モンタネル・イ・シモン*編の『イスパノアメリカ百科事典』のほかには、本と呼ばれるものはなかった。一家はいつも遅れがちな年金と、ロマス・デ・サモーラの地所――かつての広大な農園の唯一のなごり――から上がる地代とで暮らしを立てていた。

　この話のなかのできごとがあったころ、老夫人は夫に先立たれたフリアやその息子と同居していた。相変わらず、アルティガス*やロサスやウルキサ*たちを憎んでおり、ろくに知らないドイツ人たちを嫌うきっかけとなった第一次のヨーロッパ大戦よりもむしろ、九〇年代の革命騒ぎやセロ・アルトの総攻撃のほうが彼女にとっては現実感があった。そして一九三二年ごろから、老夫人の命の火――ありふれた言い回しがいちばんなのだ。それだけが真実を含んでいるのだから――は次第に衰えを見せはじめた。もちろん老夫人はカトリック教徒であったが、それはなにも、三位一体の神を、まして霊魂の不滅を信じていたということではない。自分でもよくわからぬお祈りを唱えながら、数珠《じゅず》をくっていた。復活祭や主顕節にかわって降誕祭を受け入れた。マテ茶をやめて紅茶を飲みだしたように。プロテスタント、ユダヤ人、フリーメーソン、異端者、無神論者、といった言葉は老夫人にとって同義語であり、なんの意味もなかった。生きているあいだ、スペイン人のことを両親たちとおなじようにゴート人と呼んだ。一九一〇年には、スペインの王女たる者がまったく予想に反して、アルゼンチンの上流婦人とはちがい、そこらのガリシア女みたいな口のきき方をされたことを信じようとしなかった。婿の通夜の席でのことである。それまでハウレギ家を一度も訪れたことはないが、一家の者がいつも熱心にその名を新聞の社交欄に探している裕福な親戚の女が、びっくりするようなことを教えてくれた。ハウレギ夫人が口にする名前はいずれも、とっくのむかしに古くなっているというのだ。老夫人はいまだに、ラス・アルテス通り、エル・テンプレ通り、ブエン・オルデン通り、ラ・ピエダー通り、ラルガス通り、公園広場、ロス・ポルトネス広場などを使っていた。老夫人の場合は自然なものだったが、家族の者は気取ってそうした古めかしい名前を使った。彼らはウルグアイ人のこともオリエンタル人*と言っていた。家から外に出たことのない老夫人は、ブエノスアイレスが次第に変化もし大きくなっていることに気づかなかったのだ。古い記憶ほど鮮明なものである。通りに面したドアの奥で老夫人が思い描いていた都市は、中心部から引っ越さなければならなかったころよりも前のそれだったのだろう。荷車を引く牛がエル・オンセ広場*でのんびり休んでおり、萎《な》えたスミレの花の匂いが立ちならぶバラカスの別荘に漂っていたにちがいない。亡くなる前の老夫人はよく、「近ごろは死んだ人の夢ばかり見るわ」とつぶやいた。頭が悪くはなかったけれども、わたしの知るかぎり、知的な楽しみには縁のない人だった。最後に老夫人に残された楽しみは、追憶が、後には忘却が与えるそれだったのではないか。老夫人はつねに寛大だった。その澄んだおだやかな眼と笑顔が思い出される。むかしは美しかった。いまでは燃え尽きたが、この年老いた女性の胸も、かつては激しい情熱の炎《ほむら》で焼かれたはずだ。花の静かで慎ましい生き方は老夫人のそれに似ていた。

植物に非常に敏感で、部屋のなかのベゴニアの世話をし、見えない葉にそっと触れたりしていた。一九二九年ごろには、なかば眠っているような状態に陥りながら、それでも過去にあったできごとの話をよくした。ただし、まるで主の祈りでも唱えるようなぐあいで、いつもおなじ言葉と順序で話をするので、わたしなどは、それらの言葉は対応するイメージを欠いているのではないかと疑った。食べものも好ききらいがなかった。要するに、老夫人は幸福だった。

周知のとおり、睡眠はわれわれの行動のなかでもっとも神秘的なものだ。われわれはそれに人生の三分の一を捧げ、しかもそれを理解できないでいる。ある者たちにとっては、それは意識の消滅にすぎないが、別の者たちにとっては、同時に過去と現在と未来とが見渡される、より複雑な状態であり、さらに別の者たちにとっては、中断することのない一連の夢である。ハウレギ夫人が静かな混沌のなかで十年を送ったというのは、おそらく誤りだろう。それら十年の歳月の各瞬間が、それ以前、それ以後、純粋な現在であったはずだ。われわれはふだん、昼によって、夜によって、何百枚もの紙のつづられた多数の暦によって、願望と事実によって、数えているけれども、そのような現在の観念にさほど驚くことはない。それは、毎朝目を覚ます前に、毎夜眠りにつく前に、われわれが経験するところのものだ。一日に二度、われわれはあの老夫人となる。

すでに見たとおり、ハウレギ家の者たちはいささか微妙な立場にあった。彼らは上流階級に属していると信じていたが、社交界の連中は彼らを知らなかった。傑物の子孫であったが、歴史の教科書はおおむねその苗字を無視した。それが記念としてある通りの名前になっていることは事実だった。しかし、ほとんど知る者のないその通りは、市の西部の墓地の奥にとり込まれてしまっていた。

問題の日が迫っていた。十日に、正装した将校が十四日の訪問を予告する陸軍大臣の署名入りの手紙を持参したのだ。ハウレギ家の者はその手紙を近所の連中に披露して回った。レターヘッドと大臣自筆の署名を見せつけるようにして。やがて取材のために新聞記者たちがやってきた。あらゆる資料が提供されたが、記者たちがルビオ大佐の名前を聞いたことがないのは明らかだった。ほとんど知らない連中が電話を掛けてきて、招待を要求した。

ハウレギ家の者は晴れの日にそなえて動き回った。床にワックスをかけ、窓ガラスを磨き、蜘蛛《くも》の巣をはらった。マホガニーの家具をピカピカに光らせ、ガラス戸棚の銀器を磨いた。家具の配置を変え、鍵盤のベルベットが目につくように広間のピアノの蓋《ふた》を開き放しにした。盛んに人が出入りした。この騒ぎに無関心なのは、まったく事情がわからないらしいハウレギ夫人だけだった。ただにこにこしていた。フリアが女中の手を借りて、死者に化粧をほどこすように支度をしてやった。入ってきた客の目をまず引くのは、大佐の肖像と、その少し下の右手に置かれているが、戦場を駆けめぐったサーベルにちがいなかった。どんなに暮らしに困っても、ハウレギ家の者はこれを売らず、いずれは歴史博物館に寄贈するつもりだった。ひどく気のつく近所の女が、この日のためにゼラニウムの鉢植えを貸してくれた。

パーティーは七時に始めるはずだったが、灯の点《とも》されるころに訪れるのは誰でもいやだろうと考えて、時刻は六時半という通知を出していた。七時を十分過ぎても一人の客も現われなかった。時間に遅れることの善し悪しについて、ハウレギ家の者は多少いらいらしながら論じ合った。エルビラは時間どおりに来たことを自慢に思っていたので、人を待たせるのは許しがたい不作法である、と言った。フリアは亡夫の受け売りで、遅れるのが礼儀である、みんながそうすればもっと都合がいい、お互いあわてなくてすむ、と言った。七時十五分には、あふれるほどの客が集まった。近所じゅうの者がフィゲロア夫人の車と運転手《ショフール》を羨望《せんぼう》の眼で眺めた。フィゲロア夫人はエルビラやフリアを招待したことはたしか一度もなかったが、彼女たちは、めったに会わない仲だということを他人に悟られないように、愛想よく夫人を迎えた。大統領は代理としてその腹心をよこした。彼はそつのない男で、セロ・アルトの英雄のご息女にお目にかかれて、これにまさる光栄はない、と挨拶した。早目に引き揚げる用事のあった陸軍大臣は非常に気のきいたスピーチを行なったが、しかしそのなかでは、ルビオ大佐よりもサン・マルティン将軍の名前のほうが多く出た。老夫人は肘掛け椅子のクッションにもたれて、ときおり首を前に傾けたり、扇子を床に落としたりしていた。「祖国の女性たち」を名のる上流婦人たちの一団が国歌をうたったが、老夫人がそれを聞いている様子はなかった。カメラマンたちは適当に客をならばせて、盛んにフラッシュを焚いた。オポルト産のワインやシェリー酒のグラスが間に合わなかった。シャンパンも何本か抜かれた。ハウレギ夫人はひとこともしゃべらなかった。自分が何者であるか、もはや知らなかったのではないか。その夜から床に就くことになった。

客が帰ったあと、ハウレギ家の者はありあわせのもので、ささやかな冷たい夜食をとった。タバコとコーヒーの臭いで、かすかな安息香のそれは消されてしまっていた。

朝刊や夕刊の報道は真偽いずれとも決しがたいものだった。大佐の娘の記憶力をおおげさに誇張して、「百年にわたるアルゼンチンの歴史の文字どおりの証人」などと書き立てた。フリアはこれらの記事を見せようとした。薄暗い部屋のなかの老夫人は眼を閉じたまま、身動きひとつしなかった。熱はなかった。診察した医者は、別状ないと言った。老夫人はそれから二、三日後に亡くなった。押しかけた大勢の客、ふだんとはちがう騒ぎ、カメラのフラッシュ、スピーチ、軍服、忙しい握手、シャンパンを抜くけたたましい音。それらが死期を早めた。おそらく老夫人は、〈マソルカ〉*がわが家に押し入ったと信じたのだ。

わたしは、セロ・アルトの戦死者たちを思う。馬蹄《ばてい》の下で息絶えた、アメリカとスペインの無名の兵士たちを思う。そして、あのペルーで行なわれた白兵戦の最後の犠牲者は、百年の歳月がそこにあるとはいえ、一人の老いたる夫人ではなかったか、とも思う。

争い

ファン・オスバルド・ビビアノ*に捧げる

彼の作品に眼を開かせてくれたのは、筆者の二人のヒロインのうちの一人、ここに登場するフィゲロア夫人のほうだが、ヘンリー・ジェイムズなら、おそらく、この話を冷たくあしらうことはしなかっただろう。故意にぼかされた複雑な会話がちりばめられ、皮肉と愛情にあふれた百余ページの紙数をそれに費やしたにちがいない。また、結末あたりにメロドラマ的な趣きを添えることをしなかったとも思えない。ロンドンかボストンに舞台を移しても、本質的なものは変わらなかっただろうが、できごとが生じたのはブエノスアイレスなので、この点はそのままにしておく。事件のごくあらましだけを語ることにしたい。その悠長な展開ぶりや、世俗的な雰囲気は、わたしのふだん書くものからは縁遠いからだ。この物語を書くことはわたしにとって、いささか脇道にそれた慎ましい冒険なのだ。あらかじめ読者に断わっておくが、さまざまな挿話よりもむしろ、それらを引き起こした状況や性格に意味がある。

クララ・グレンケアン・デ・フィゲロアは燃えるような赤毛で、すらりとした、気位の高い女性だった。理知的というよりものわかりの良いほうで、才能ゆたかではなかったが、他人の、それも同性の者の才能を認めるのにやぶさかでなかった。寛大な精神の持ち主であった。さまざまな異なったものに接する喜びを知っていた。よく旅行をしたのも、おそらくそのせいだろう。たまたま生きるはめになった世界が、時にはどうでも良いと思われる慣習や儀礼から成ることを知りながら、むしろそれらを楽しんでいる節があり、立派に果たしていった。彼女は両親の言葉にしたがって、非常に若いころにフィゲロア博士のもとに嫁した。博士はカナダ駐在の大使だったが、電信や電話の普及した現代では、大使館などは時代遅れもはなはだしい無用の長物である、と主張して、ついにその職を辞した人物である。この決意はすべての同僚の恨みを買う原因となった。クララはオタワの気候が気に入り——先祖をたどればスコットランド人だった——大使夫人の仕事もまんざら嫌いではなかったが、しかし夫に逆らおうとは思わなかった。フィゲロア博士は間もなく亡くなった。クララは、それから何年も考えたり迷ったりしたあげく、やっと絵に打ち込みはじめた。おそらく、友人のマルタ・ピサーロの例に刺激されたのにちがいない。

おもしろいことに、みんなはマルタ・ピサーロの話をするさいにはかならず、離婚の経験がある才能ゆたかなネリダ・サラの妹の、という言い方をした。

マルタ・ピサーロは絵をえらぶ以前に、文学の道に進もうと思ったこともあった。フランス語に堪能《たんのう》であったらしく、読むものもそれで書かれたものだった。彼女にとってスペイン語は、コリエンテス州*の主婦たちにとってグアラニー語*がそうであるように、いわば家事の道具にすぎなかった。新聞でルゴネスやマドリードに住むオルテガ・イ・ガセー*の文章を読む機会があったが、これらの文豪のスタイルを見て、生まれながらに与えられたスペイン語はむなしい言葉の遊びにはふさわしくても、思想や情感の表現には適していないのではという、かねてからの考えに確信を深めた。音楽については、欠かさずコンサートに出かけるすべての人間が心得ているほどの知識しかなかった。サン・ルイス州の出身だった。予想どおり後に州立美術館が買い上げたが、フアン・クリソストモ・ラフィヌル氏*とパスクアル・プリングレス大佐*の忠実な肖像を描くことで画家として出発した。これら地方名士の肖像画からやがて一転して、ブエノスアイレスの古い屋敷を取り上げるようになった。その慎ましやかな中庭を、よくほかの画家たちが与える舞台の書き割り的なけばけばしさからは遠い、抑えた色で描いたのだ。フィゲロア夫人でないことはたしかだが、マルタ・ピサーロの絵はもっぱら十九世紀のジェノバの左官職人の仕事から想を得ている、と評した者がいる。クララ・グレンケアンとネリダ・サラ――噂によると、彼女はフィゲロア博士に思いを寄せていた時期があったという――のあいだには、ある敵対関係のようなものがつねに存在していた。争いは二人だけのものであり、マルタは道具にすぎなかった。

周知のとおり、いっさいがまず他の国々で、そして最後にこの国で生まれる。今日では不当に忘れられているけれども、論理と言語にたいするその軽蔑を示すように、具象とか抽象とか称している絵画の一派も、数ある例のなかの一つだ。わたしの信ずるところでは、この派の主張は、固有の音響の世界を創造することが音楽に許されているように、その姉妹芸術である絵画も、われわれの眼に見える事物のそれを忠実に再現するものではない、色彩とフォルムを試みてよいのではないか、ということらしい。リー・カプランは書いている。ブルジョアの憤激をよんだ自分の絵は、生あるものの偶像を人間の手によって作ってはならぬという、イスラーム教と共通するキリスト教の聖書の禁止にしたがっているのだ、と。彼はさらに、いわゆる偶像破壊主義者はデューラーやレンブラントのごとき異端者によってゆがめられた、絵画芸術の真の伝統を復活せしめようとしているのだ、と主張した。彼の批判者たちは、彼が絨毯《じゅうたん》やカレイドスコープやネクタイを例に持ち出したことを非難している。芸術上の革新は無責任かつ安易なものへと人びとを誘惑しがちである。クララ・グレンケアンもまた抽象画家となることをえらんだ。それまでターナーに傾倒していた彼女は、具象的な絵画を巨匠のあふれるような光で豊かなものにしようとしたのだ。実に気ままに仕事をし、何枚もの絵を描いては破り捨てた。そして一九五四年の冬、当時はやった軍隊用語を借りて〈前衛〉的と呼ばれる作品を専門にしている、スイパチャ街のある画廊で一連のテンペラ画を発表した。矛盾する事態が生じた。おおかたの批評は好意的であったが、所属する流派の機関紙はそこに見られる異様なフォルムを非難した。それらのフォルムは、たとえ具象的とは言えないにしても、たしかに落日と森と海とが混然となった光景を暗示しており、ただ単純な円と点がそこにある、というようなものではなかった。まず笑ったのは、おそらく、本人のクララ・グレンケアンであったにちがいない。近代的な画家であろうとして、その近代的な画家たちに退けられたわけである。成功よりも絵を描くこと自体がだいじだったので、彼女は絵筆を捨てることはしなかった。このできごとにはかかわりなく、絵画芸術もその道を歩みつづけた。

争いは秘めやかに始まっていた。マルタはただの芸術家ではなかった。芸術の管理面と呼んでもさしさわりのないものに誠に熱心で、「ジョットの会」という団体の副会長を務めていた。一九五五年のなかばごろ、すでに入会を認められていたクラが新しい役員名簿に名を連ねることになったのもマルタの尽力による。一見なんでもないようなことだが、この事実は考慮に値する。マルタはその友人を助けたわけだが、恩恵を施した者がある意味でそれを受けた人間より優越した立場に身を置くというのは、妙なことだが、議論の余地のないことではある。

たしか一九六〇年、国際的な水準をゆく——おかしな言葉を使って申しわけない——二人の画家が第一席を争った。候補者たちのうち年長の画家は、畏怖《いふ》の念さえ覚えるスカンジナビアあたりの出身らしいガウチョを、重厚な画風によって描いていた。まだ若いその相手は、支離滅裂な描き方によって称讃と憤激の嵐を巻きおこした。五十歳を越えている審査員たちは、時代のずれた批評の規準を大衆から非難されることを恐れて、本心では好もしく思っていない、後者に票を投じるほうに心が傾いていた。最初は儀礼的で、最後はおよそ退屈なものになった、長ながしい討議が終わっても、一致した意見が得られなかった。三度目の討議の最中にある審査員が言った。

「Bの絵は良くない。ほんとうの話、あのフィゲロア夫人よりまずいんじゃないかな」

「じゃ、彼女に票を入れますか？」皮肉な口調で別の審査員が応じた。

「入れますよ、もちろん」うんざりしていた前の男はそう返事をした。

そしてその日の午後、第一席は満場一致でクララ・グレンケアンに授けられた。彼女は品が良くて、誰にも愛される女性であった。品行も申しぶんがなく、彼女がエル・ピラル郡の別荘でよく開くパーティーには、豪華な雑誌のカメラマンが押し寄せた。しきたりの受賞記念のパーティーがマルタによって準備され、催された。クララは短いが適切な言葉で謝辞を述べた。伝統と新しいもののあいだに、秩序と冒険とのあいだに対立は存在しない、すなわち、伝統は長い歳月にわたる冒険の絡み合ったものである、と述べた。この会合には大勢の会員と、ほとんどすべての審査員、そして若干の画家が出席した。

われわれは皆、たまたま自分に振り当てられた場に不満を抱き、他人たちは恵まれていると思う。ガウチョへのあこがれや隠遁《ベアトゥス・イレ》の願いは、都会のなかから生まれたものだ。クララ・グレンケアンとマルタは有閑な日常の生活に飽いて、美的なものの創造に生涯を賭けた人びと、芸術家の世界にあこがれたのだ。天国に迎えられた者も、そこに足をふみ入れたことのない神学者によってその住みごこちは誇張されている、と訴えるのではないかと思う。地獄に堕《お》ちた者は、おそらく幸福ではないのだが。

二年後のことである。カルタヘナで第一回のラテンアメリカ美術会議が開催された。*各国が一名ずつの代表を送った。会議のテーマ――いやな言葉で申しわけない――はきわめてアクチュアルなものだった。芸術家は土着性を捨てうるか？　動植物群を無視しうるか？　社会的な問題に無関心でいられるか？　アメリカの帝国主義と戦いつつある者を支援せずにいられるか、などなど。カナダ大使となる前、フィゲロア博士はやはり外交官としてカルタヘナに在勤したことがあった。賞を得たことでかなり得意になっていたクララは、こんどは芸術家という肩書きで、もう一度そこを訪れたいと思った。その望みは破れた。政府はマルタ・ピサーロを代表に任命したのである。ブエノスアイレスから派遣された記者たちの公平な証言によれば、（彼女の活躍は必ずしも十分ではなかったが）ときには目ざましいものがあった。

生きるためには情熱が必要である。二人の女性はそれを絵画に、すなわち絵画がもたらす関係のなかに見いだした。クララ・グレンケアンはマルタと対抗して、またある意味ではマルタのために、絵を描きつづけた。各自がその競争者の審査員であり孤独な鑑賞者であった。もはや観る者のないそれらの絵のなかに、当然のことながら、相互の影響といったものが感じられるように思う。二人が互いに愛していたこと、そしてあの隠微な争いのなかでも終始、忠実にふるまったことを忘れてはならない。

その前後に、さして若くもないマルタが結婚の申し込みを断わるということがあった。あの戦いにしか興味がなかったのだ。

一九六四年の二月二日、クララ・グレンケアンは動脈瘤《どうみゃくりゅう》で亡くなった。新聞は長ながしい追悼の記事を掲載した。それは、女性が単なる個人でなく種族の一員であるわが国では、いまだに厳格に行なわれていることである。彼女の絵の傾向や洗練された趣味についてざっと述べたあと、とくにその信仰、善良さ、ほとんど匿名の形でなされた永年にわたる慈善行為、由緒ある家柄――グレンケアン将軍はブラジルの戦場で戦った人物である――、上流社会のなかでもひときわ目立った存在であったこと、などについて言及していた。マルタは、その生がもはや意味を失ったことを悟った。かつて一度も、自分を無用な人間だと感じたことはなかったのだが。もはや遠いむかしのことになってしまったけれども、彼女は絵を習いはじめたころを思い出し、二人ともに崇拝していた英国の巨匠たちにならって描いたクララの落ち着いた感じの肖像画を、サロン・ナショナル*で公開した。彼女の最良の作品だと評した者もいる。しかし、彼女はそれ以後、二度と絵筆をとろうとしなかった。

少数の親しい者だけが知っているあの微妙な争いには、勝ちも負けもなかった。わたしが慎ましい筆で記録しようと努めたものを除いては、衝突その他のはでなできごとも起こらなかった。（その芸術上の好みは知らないが）神だけが勝敗の行くえを決することができるにちがいない。闇でうごめいていた物語は闇に消えるべきである。

別の争い

もうずいぶんむかしのことになるが、小説家の息子のカルロス・レイレス*からこの話を聞いたのは、ある夏の午後のアドロゲー*でのことだった。いまもわたしの記憶のなかでは、長い憎しみの物語とその悲劇的な結末は、ユーカリの馥郁《ふくいく》たる香りや小鳥のさえずりとまじり合っている。

いつものように、わたしたちは二つの祖国の複雑にからまり合った歴史を話題にしていた。レイレスは、大胆で冗談好きな悪党として名をとどろかせたファン・パトリシオ・ノーランの噂は、たしかあなたも聞いているはずだ、と言った。嘘だったが、わたしは聞いていると答えた。ノーランは九〇年代に死んでいるにもかかわらず、人びとがなお友人のように考えていた人物である。よくあることで、彼を悪くいう者たちもいた。レイレスは、彼の数ある悪ふざけのなかの一つを話してくれた。事件があったのはマナンチャレスの戦い*の直前。その主役たちはセロ・ラルゴ県出身のマヌエル・カルドソとカルメン・シルベイラという二人のガウチョである。

どういういきさつで彼らの憎しみは生まれたのだろうか？　最後の決闘によって有名になっただけの二人である。そんな彼らの忘れられていた物語が、なぜ百年もたってからよみがえったのか？　レイレスの父親に雇われていた監督で〈虎髭《とらひげ》〉のラデレチャという者が伝え聞いてある程度、細かなことまで記憶していたのだ。忘却も記憶も気まなものなので自信はあまりないが、以下、その話を書いてみたい。

マヌエル・カルドソとカルメン・シルベイラの畑は境を接していた。ほかの感情の場合とおなじで、憎しみの生まれる理由もたいてい曖昧なものだが、世間の噂によると、焼き印のない家畜が原因だと、あるいは力が強いほうのシルベイラが、裸馬のレースでカルドソの馬をコースの外に強引に押し出したのが原因だという。数か月後、彼らは村の酒場で、それぞれ十五点持ちのトゥルーコを二人きりで長ながとやった。シルベイラは相手のほうに何か役がつくたびに上手を言ったが、最後にはまる裸にした。そして金を胴巻きにしまってから、きょうはいい勉強をさせてもらった、と言った。そのとき殴り合いの寸前までいったのだと思う。それくらい激しい勝負だった。大勢だったけれど、その場に居合わせた者が二人をわけた。この荒々しい土地では、またあの時代には、何かという人間同士が、刃物と刃物がぶつかり合ったものだ。この話でひとつ奇妙な点は、マヌエル・カルドソとカルメン・シルベイラがそれまでにも一度ならず、夕方や夜明けに山で出会っていながら、最後までやり合ったことがないということだ。彼らの貧しい単調な生活にはほかに財産というものがなく、それで憎悪を貯め込んでいった。そんなふうに思ったことはないが、二人はそれぞれ相手の奴隷と化していたのだ。

これから話すできごとが原因なのか、それとも結果なのか、わたしにもはっきりしない。惚れたわけではなく、退屈しのぎに、カルドソが近所のセルビリャナという娘に付きまといはじめたのだ。それを知ったシルベイラは早速、娘に言い寄って、自分の小屋に連れ込んだ。数か月後には、じゃまだと言って娘を追い出した。それを恨みに思い、娘はカルドソの家に走った。彼はひと晩いっしょに過ごしただけで、昼には娘をたたき出した。お余りをちょうだいしたくなかったのだ。

おなじころ、セルビリャナの話と前後して、羊の番犬のことで事件が持ち上がった。シルベイラはこの犬をたいそうかわいがっていて、〈三十三勇士〉《トレインタ・イ・トレス＊》という名前を付けていた。それが溝のなかで死んでいたのだ。シルベイラは当然のごとく、毒を盛ったのはあいつにちがいないと疑った。

一八七〇年の冬、アパリシオの革命が起こったとき、たまたま彼らは例のトゥルーコの遊びの一件があった酒場にいた。反徒の一隊を率いてやってきたムラート*のブラジル人が、そこに居合わせた者たちを相手に長広舌をふるった。いまこそ祖国は彼らを必要としている、政府の弾圧はもはや耐えがたいものがあると言って、白い記章をくばり、訳のわからぬ演説が終わると同時に、みんなを連れ去った。彼らは家族の者と別れを惜しむことさえ許されなかった。マヌエル・カルドソとカルメン・シルベイラは喜んで運命を受け入れた。兵士の生活がガウチョのそれよりつらくなかったのだ。馬具をまくらに戸外で眠ることには慣れていた。人を殺すことも、畜殺を仕事にしている手にとっては苦もないことだった。想像力が乏しいおかげで、彼らは恐怖や憐憫《れんびん》からも解放された。攻撃が始まるさいに、前者に憑《つ》かれることがまれにあったが。鐙《あぶみ》や武器がガチガチ鳴るのは、騎兵隊が行動を起こすときにかならず聞かれる音である。戦闘の始めに負傷しなかった兵士は自分は不死身であると思うものだ。彼らは村を恋しがることもなかった。郷里という観念は彼らには無縁のものだった。帽子に記章を着けていたけれども、どちらの党派に属しているかはどうでもよいことだった。彼らはたちまち槍の扱いに熟達した。進撃と撤退がくり返されるなかで、彼らは自分たちは戦友ではあるがやはり仇敵なのだと悟らざるをえなかった。肩をならべて戦ったが、われわれの知るかぎり、ひとことも口をきかなかった。

一八七一年の蒸し暑い秋、ついに彼らに終わりの時が訪れた。

一時間も続かなかったはずだが、彼らが名前を知らないある村で戦闘が行なわれた。名前は、後日、歴史家たちが付けたものだ。前夜、カルドソはこっそり隊長のテントを訪れ、声を小さくして、もし翌日の戦闘で勝利をおさめたら、赤軍の兵士を与えてほしい、いままで人間の首をはねたことがないので、どんな具合か知りたい、と頼み込んだのだった。上官はカルドソに、男らしく勇敢に戦ったらそれを許してやろう、と約束した。

白軍のほうが数は優勢だったが、敵方の装備がまさっており、ある山の上からさんざんにやられた。二度の総攻撃によっても山頂に取りつくことができず、重傷を負った隊長は降伏を申し出た。そしてその場で、自分から頼んでとどめを刺してもらった。

その部下は武器を置いた。赤軍を指揮していたフアン・パトリシオ・ノーラン大尉は、捕虜の例の処刑について細かい指示を与えた。彼もセロ・ラルゴ県の出身だったので、シルベイラとカルドソの旧怨についてある程度のことは知っていた。彼は二人を呼びつけて、次のように申し渡した。

「おまえたち二人は相手の顔を見るのもいやで、だいぶ前から片をつける機会をねらっているそうだな。耳よりな話がある。陽が沈む前に、どちらが強いかはっきりさせられるだろう。おまえたちを立たせて、喉をかき切ってやる。そのあとで駆けっこをやるんだ。果たしてどっちが勝つか」

その場に連行してきた兵士が二人を連れ去った。

このニュースはたちまち陣地ぜんたいに広まった。ノーランは、その日の午後の見世物の最後に競走を予定していた。ところが、捕虜は代表をよこして、自分たちにもぜひ見物させてくれ、二人のどちらかに賭けたいのだ、と申し入れてきた。もののわかった男であるノーランはそれを認めた。お金、馬具、サーベル、槍、馬……それらがすべて賭けられた。おりをみて未亡人や親戚の者に届けられる手はずもととのった。いつになく暑さが厳しかった。昼寝をしそこねる者がいては困るというので、開始は四時まで延ばされた。ノーランはいかにもクリオジョ風に、さらに一時間もみんなを待たせた。ほかの将校たちと勝負の行くえを論じていたのにちがいない。従卒がマテ茶の薬缶《やかん》を抱えて行き来していた。

面倒を起こさないように後ろ手に縛られた捕虜たちがテントの前の埃《ほこり》っぽい道の両側に列をなし、地べたにすわって待っていた。あちらこちらで口汚くわめく声がした。ある者は主の祈りの出だしのところを唱えていたが、おおかたはただぼんやりしていた。もちろん、タバコは吸えなかった。もはや競走はどうでもよかったが、それでもみんなが眼を開けていた。

「おれも首をばっさりやってもらいたいよ」一人がうらやむように言った。

「そりゃ、やってくれるさ。ただし、十把《じっぱ》ひとからげの口だな」と隣の男が言った。

「おまえとおんなじか」と最初の男がやり返した。

道の端から端まで、軍曹がサーベルで線を引いた。楽に走れるよう、シルベイラとカルドソの手首のロープはほどかれていた。二人のあいだは四メートルほどの距離があった。彼らは線に足をおいた。何名かの将校が、負けるなよ、信用して大金を賭けたんだからな、と言った。

運よくシルベイラの処刑を受け持つことになったのは、先祖が大尉の一家の奴隷だったらしく、おなじ苗字《みょうじ》を名のるパルド・ノーランという男だった。そしてカルドソに当たったのは、いつも首斬《き》りをやらされているコリエンテス州生まれの年配の男だった。

彼は処刑される人間を落ち着かせるために、きまってその肩をたたいて言った。「元気を出しな。お産のときの女のほうがもっと苦しいらしいぜ」

体を前に傾けた二人の男は、ただもう夢中で相手を見ようとしなかった。

ノーラン大尉が合図した。

大役をおおせつかって得意になっていたパルドはりきりすぎて、耳から耳まで走るはでな傷口を開けてしまった。コリエンテス州の男は狭く、スパッとやった。喉から血が吹き出した。二人は何歩か前に進んでから、ばったりうつ伏せに倒れた。倒れながらカルドソは腕を伸ばした。彼は勝ったのだ。おそらく、彼にはわからなかっただろうが。

グアヤキル

わたしは、プラシド湾*に映るイゲロタ*の峰を見ることも、オクシデンタル州*を訪れることもなく、ブエノスアイレスの地からあれこれ想像するのだが、建物がおそらく長い影を落としているあの図書館で、ボリバルの文字の鑑別に当たることもあるまい。

先を書きつづけようとして上の文章を読みなおし、暗さと華やかさが同時に感じられるその調子にわれながら驚く。あのカリブ海の国について語ろうとすれば、その高名な歴史家、ユゼフ・コジェニョフスキ*船長の荘重な文体を、たとえ遠隔の地からでも反映せざるをえないということだろうか。しかし、わたしの場合には別に理由がある。多少は悲しいが、どちらかと言えばありふれた話に感動的な趣きを添えたいという秘かな願望があって、あんな書き出しになったのだ。以下、できるだけ忠実にできごとを語ることにしたい。それは、おそらく、わたし自身が理解する助けになるだろう。ついでに言えば、あるできごとを告白するのは、その行為者たることをやめて証人となることだ。

できごとを見、語るが、実際に行なった者ではない人間になることだ。

問題のできごとがあったのは、この前の金曜日、いまこれを書いている部屋のなかのことであり、いまは多少涼しい感じもするが、午後のちょうどこの時刻のことだった。忘却によって輪郭が薄れてしまわないうちに、スル大学*のエドゥアルド・ツィマーマン博士と交わした会話を書きとめておきたいと思う。いまならまだ記憶はなまなましい。不愉快なことは忘れようとする傾きがわれわれにあることは、わたしも知っている。

物語が理解してもらえるように、わたしは手短に、ボリバルの何通かの書簡がたどった数奇な運命を振り返ってみなければならない。それらの書簡はホセ・アベリャノス*博士の文書のなかから発見された。博士の著書『失政の半世紀』は周知のとおりの事情で永久に散逸したと信じられていたが、孫のリカルド・アベリャノス博士によって発見され、一九三九年に公刊された。数種の刊行物から集めた資料から判断して、これらの書簡はたいして興味を引くものではない。ただし、日付は一八二二年八月十三日、発信地はカルタヘナとなっており、〈解放者〉がサン・マルティン将軍との会見の模様を詳細に語っているものは別である。部分的であるとはいえ、ボリバルがグアヤキル*での出会いの様子を明らかにしているこの記録のもつ価値は、ことさら述べるまでもない。リカルド・アベリャノス博士は大の官僚ぎらいであって、書簡を国立歴史アカデミー*に渡すことを拒否し、ラテンアメリカの何か国かにその提供を申し入れた。わが国からの大使、メラーサ博士の称讃すべき熱心な奔走によって、アルゼンチン政府がまず、この奇特な申し入れを承諾した。代表がオクシデンタル州の首府のスラーコに出向いて書簡のコピーを取り、当地でそれを公開することに話が決まった。わたしがアメリカ史を講じている大学の総長が、その使命を果たすのに適任であると言って、わたしを文部大臣に推薦したのである。わたしはまた、所属している歴史学会から満場一致に近い支持を得た。ところが、大臣にお会いする日取りも決まったときになって、この決定を知らない、とわたしは考えたいのだが、スル大学がツィマーマンという者を推薦してきたのだ。

おそらく読者はご存じだろうが、博士は第三帝国によって追放されて、現在はアルゼンチン国籍を有する、外国生まれの歴史学者である。優れたものであるにちがいない博士の業績についてわたしが調べえたのは、後世がその敵であるローマの歴史家たちの眼をとおして判断している、セム族系のカルタゴを擁護した文章と、政府は表にしゃしゃり出たり感情的であったりしてはならないと主張する、エッセーふうの作品のみであった。この主張はマルティン・ハイデガーの痛烈な反駁《はんばく》を受けることになった。ハイデガーは新聞の大きな見出しのコピーまで使って、近代の国家元首は無名であるはずがなく、むしろ主役、コーラスの指揮者、踊るダビデであって、舞台の贅《ぜい》をこらし、ためらうことなく雄弁術の誇張法に訴えながら、その民衆のドラマを演じる者であることを証明したのだった。また彼は、ツィマーマンはユダヤ人とは言わないが、ヘブライ人の血を引いていることを明らかにした。世人の尊敬をあつめる実存主義者のこの公の発言が、われわれが迎えた客人の国外脱出と流亡の直接の原因となったのである。

おそらく、ツィマーマンは大臣に会う目的でブエノスアイレスまで出てきたにちがいない。秘書をとおしてであるが大臣から個人的に、ツィマーマンと話し合ってもらいたい、そして二つの大学が争うというぶざまな事態を避けるために、この間の事情を説明してやってほしい、という示唆があった。当然のことながら、わたしはそれにしたがうことにした。わが家へ帰ったところ、ツィマーマン博士から午後六時の来訪を告げる電話があったと聞かされた。誰もが知っているとおり、わたしはチレ街*に住んでいる。六時きっかりにベルが鳴った。

庶民的な気軽さを装ってわたしは自分でドアを開け、博士を書斎に案内した。博士は立ちどまって中庭を眺めた。黒と白の敷石、二本の木蓮、井戸などを見てから口が軽くなった。いま思うと、博士は少し気が立っている様子だった。とくに人と変わったところはなかった。年は四十歳くらいか、頭が大きめだった。黒っぽいレンズが眼を隠していた。はずしてテーブルの上に置いたり、また掛けたりした。挨拶するときに、わたしのほうが背が高いことがわかって嬉しかったが、わたしはすぐに、そんな喜びを感じたことを恥じた。肉体的な、まして精神的な優劣を争っている場合ではない。どうやらむずかしそうな意見の調整《ミーズ・オ・ポアン》をはからねばならないのだ。わたしは少々、あるいはまったく観察力の乏しい男であるが、それでも、かつてある詩人*が対象にふさわしいぱっとしない表現で「やぼな身なり《トルペ・アリーニョ》」と歌ったものをいまも思い出すことができる。やたらとボタンやポケットの多い、博士の濃紺の服がまざまざと眼の前に浮かぶ。見たところ、そのネクタイは手品師風の蝶ネクタイであり、プラスチックの二本のピンで止められていた。革のカバンを持っていたが、どうやらそれは書類でいっぱいのように思われた。軍人めいたちょび髭《ひげ》を生やしていた。話をしている最中に葉巻に火をつけたが、それを見ながらわたしは、この顔にはいろいろと道具がありすぎるように感じた。余分な家具《トロ・ムブレ》あり、とわたしは秘かにつぶやいた。

　言語の連続性はわれわれの指示する事実を不当に誇張する。それぞれの単語がページのなかである場所を、また読者の意識のなかである瞬間を占有するからだ。これまでに述べてきた眼に見える些細《ささい》なこともあるが、それ以上に、博士は波乱に富んだ過去あり、という印象を与えた。

書斎には、独立戦争に参加した曽祖父の長円形の肖像があり、サーベルやメダル、旗などを納めたガラス戸棚がある。多少の説明をまじえながら、それらの栄光に輝く由緒ある品物を博士に見せた。博士はお義理のようにちらと眺めるだけで、すぐにこちらの言葉を取ってしまい——無意識的なもので自然にそうなってしまうのだとは思うが、やはり不作法にはちがいなかった——たとえば、こんなふうにしゃべった。

「そうそう。フニンの戦い。一八二四年八月六日。ファアレス麾下《きか》の騎兵隊の攻撃が」

「スアレスですよ」*とわたしは訂正した。

博士の間違いは故意であったのではないかと思う。博士は東洋人ふうに両腕を広げて叫んだ。

「最初の間違いを犯しましたね！　これが最後ではないでしょう。本ばかり読んでいるもので、舌がもつれるのですよ。あなたの身内には興味ぶかい過去が息づいている」

博士はvをfのように発音した。

そんなおせじを言われても、わたしは嬉しくなかった。博士は本にはより強い関心を示し、愛《いと》しげな眼を表題の上にさまよわせていた。いまも覚えているが、博士はこう言った。

「ああ、ショーペンハウアーですね。彼はつねに歴史を信じなかった……グリゼバッハ*版のおなじセットをプラハで持っていました。この扱いやすい本に親しみながら老年を迎えるつもりでした。ところが、一人の狂人の姿をとった、まさにその歴史がわたしをわが家から、あの都市から追い払ったのです。それでアメリカ大陸へ渡り、こうしてあなたをお訪ねし、快適なあなたのお家に腰をすえて……」

博士はいいかげんだが流暢《りゅうちょう》にしゃべった。耳につくドイツ訛《なま》りが舌足らずなスペイン語にまじっていた。

わたしたちはすでに腰かけていたが、彼のいまの話をきっかけにして、わたしは本題に入ることにした。わたしは博士に言った。

「ここでは、歴史はもっと慈悲ぶかいようです。わたしはこの家で、生まれたこの家で死ぬつもりでいます。曽祖父はここへ、アメリカ大陸を駆けめぐったあのサーベルを持ち込みました。わたしはここで過去について思索し、本を何冊か書きました。一度もこの書斎を出たことがない、と言ってもいいくらいです。そのわたしが、ついに、地図でしか訪れたことのない土地を訪れるために、ここを出ることになったわけですよ」

飾りすぎとも思われかねない表現を和らげるために、わたしは微笑を浮かべた。

「カリブ海のある国のことですか？」とツィマーマンが言った。

「そうです。間近に迫ったその旅行のおかげで、こうしてお出でいただけて……」とわたしは答えた。

トリニダーが二人の前にコーヒーを置いていった。わたしは、ゆっくりと落ち着いた声で続けた。

「すでにご存じのはずです。たまたまアベリャノス博士の書類のなかから発見されたボリバルの書簡を筆写し、序文を添えて刊行するよう、大臣から依頼されましてね。幸運としか言いようがありません。この使命は、わたしが生涯を賭けた仕事、ある意味ではわたしの血である仕事、それを締めくくってくれるものですから」

言うべきことを言って、わたしはほっとした。ツィマーマンはわたしの言ったことを聞いていなかったらしい。その視線はわたしの顔ではなく、わたしの背後の本のほうに向けられていた。気のなさそうにうなずいていたが、やがて力を入れて、

「血、ですか。あなたは生まれついての歴史学者だ。あなたの一族はアメリカの大陸を縦横に駆けめぐり、激しい戦いに明け暮れた。ところが無名のわたしたちは、最近やっとゲットーを出たにすぎない。その雄弁な言葉を借りれば、あなたは血のなかに歴史を持っている。あなたはその秘かな声に耳を傾ければ、それでいい。一方、わたしはわざわざスラーコまで赴いて、偽物かもしれない書類の山をかき回さなければならない。まったく、博士、あなたがうらやましいですよ」

それらの言葉には挑発的なものも冗談めいた調子も感じられなかった。それは、過去とおなじく未来を動かしがたいものにする、ある意志の表現だった。その内容などはどうでもよかったのだ。力は論法よりもむしろ人間にあった。ツィマーマンは教師流のゆっくりとした口調で続けた。

「ボリバルの、いや失礼、サン・マルティンのこの問題に関するあなたの、先生の立場はよく知られています。汝が戦記は終われり《ヴォトル・シエージュ・エ・フェ》*、です。わたしはまだ問題のボリバルの書簡に眼をとおしていないわけですが、彼が自己弁明のためにそれを書いたと推測するほうが、当然というか理にかなっています。いずれにせよ、話題の書簡はボリバル問題と呼びうるものを明らかにしてくれるでしょう。サン・マルティン問題ではなく。公刊されれば、それを評価し、検討し、批評の網目をとおし、必要ならば論駁《ろんばく》しなければならない。そういう最終的な判断を行なうには、顕微鏡的な眼をそなえたあなたをおいて適任者はいない。メスやランセット、学問的厳密さが必要としているのはこれらですよ！　さらに言わせてもらえば、書簡の刊行者の名前は永久にその書簡に結びつく。そうした結びつきは、けっしてあなたにとって好ましいものではないでしょう。一般の人びとは微妙な点には気をつかわないものです」

いまになって考えるのだが、そのあとの議論は本質的に意味のないものだった。おそらく、あのときもそう感じたはずである。まっこうから対立するのを避けて、わたしは小さな問題にしがみつき、書簡が偽物であると本気で考えているのか、と尋ねた。すると博士は答えて、

「かりにボリバルの直筆であったとしても、それは何も、そこにすべての真実があることを意味しません。ボリバルに相手をあざむこうとする意志があったかもしれないし、ただ単純に、ボリバル自身が思いちがいをしていたかもしれない。歴史家であり思想家であるあなたは、わたしなどよりもっとよく、神秘は言葉にではなく、われわれ自身のうちにあることをご存じのはずです」

このもったいぶった一般論的な話にうんざりして、わたしはそっけない口調で、サン・マルティン将軍がその野心を捨てて、ボリバルの手にアメリカ大陸の運命をゆだねたグアヤキルでの会見、われわれを取り巻いている謎のなかには、これもまた研究に値する別の謎が含まれている、と述べた。

ツィマーマンは答えた。

「説はいろいろですね……ある者たちは、サン・マルティンが罠《わな》にかけられたのだ、と言うし、ほかの者たちは、たとえばサルミエント*のように、ボリバルは本来ヨーロッパ的な軍人で、それがたまたま、彼にはついに理解できなかった大陸に迷い込んだのだ、と主張する。さらにほかの者たちは、その大部分がアルゼンチン人ですが、そこに彼の自己犠牲の発露を見る。また、すべてに倦《う》み疲れたからだと説く。ある種の秘密結社からの密命による、と言う者たちだっていますよ」

いずれにせよ、この〈ペルーの父〉と〈解放者〉が交わした正確な会話をよみがえらせることは、たいへん興味のある仕事にちがいない、とわたしは言った。

すると、ツィマーマンはきっぱりと、

「交わされた会話の内容は、おそらく、つまらないものですよ。彼らはグアヤキルで対決した。一方が勝ったとしても、それはより強い意志のせいであって、相手を論破したということではない。おわかりだと思うが、わたしは尊敬するショーペンハウアーをまだ忘れてはいないんですよ」

博士は微笑しながら先を続けた。

「言葉《ヴァーズ》、言葉《ヴァーズ》、言葉《ヴァーズ》！＊　シェイクスピア、言葉の名匠であった彼は、その言葉を軽蔑していましたね。グアヤキルでは、いや、ブエノスアイレスでもプラハでも、言葉はつねに人間ほど重要ではないのです」

そのときわたしは、二人に何かが起こりつつあることを、いや、すでに起こったことを感じた。ある意味で、わたしたちはすでに別の人間になっていた。夕闇が部屋にしのび入ったが、わたしは明かりをつけなかった。わたしはさりげなく聞いた。

「博士、あなたはプラハのお生まれでしたね？」

「ええ、プラハの生まれです」と博士は答えた。

本題に触れるのを避けるために、わたしは言った。

「変わった都市でしょうね。そこを訪れたことはありませんが、ドイツ語で最初に読んだ本がマイリンクの「ゴーレム」という小説でした」

ツィマーマンは答えて、

「後世にまで残るマイリンクの本はあれ一冊でしょう。ほかのものは読むまでもありません。文章はまずいし、おまけに接神論的な談義であふれています。しかし、夢のなかのまた夢といった感じのするあの本には、プラハの独特な雰囲気がいくぶんか感じられます。プラハではすべてが変わっているし、そう言いたければ、何も変わっていない。何が起こるかわからないのですよ。ある夕方、ロンドンでもおなじことを感じました」

「あなたはさっき、意志のことをおっしゃいましたね」とわたしは言った。「あの「マビノギヨン*」のなかの話ですが、二人の王が、その戦士たちが下で戦っているというのに、山上でチェスを楽しんでいる。王のうちの一方が勝った。一人の騎馬の戦士が駆け込んできて、相手の軍が敗北を喫したことを告げる。人間たちの戦いは盤上のそれをなぞっていたわけです」

「ああ、すばらしいやり方だ！」とツィマーマンが叫んだ。

わたしはそれに応じて、

「あるいは、二つの異なった戦場における一個の意志の表現、ですか。ケルト族の別の伝説は、二人の高名な詩人の争いを語っています。一人がハープを弾きながら、東の空が白むころから夜のとばりが下りるまで歌う。星空の下で、あるいは月の下で、彼は相手にハープを渡す。相手はハープをわきに置いて立ち上がる。初めの詩人が負けを認める」

「いや、まったく博識でいらっしゃる！　すばらしい連想力だ！」とツィマーマンは叫んだ。

気持ちが静まったところで博士は言葉をついだ。

「告白しなければなりません。わたしはブルターニュのことは不案内、残念ながらまったく不案内なんですよ。あなたは一日のように、西洋と東洋を見渡しておられる。ところが、わたしはあのカルタヘナの一角に縛りつけられて、そこへラテンアメリカの歴史のひとかけらを持ち込もうとしている。わたしは、きちょうめんなだけが取り柄の男です」

ヘブライ人の卑屈さとドイツ人のそれがその声にはあった。しかし、成功が彼のものである以上、わたしに花を持たせ、わたしに媚《こ》びるのは彼にとってはなんでもないことだ、とわたしは感じた。

博士は、旅行の手続き——手当、という妙な言葉が使われた——についてはご心配いただく必要はない、と言った。そしてその場で、書類カバンから大臣宛ての手紙を取り出した。わたしが辞退の理由を述べ、ツィマーマン博士の有能をたたえた手紙をである。博士はわたしの手に万年筆をにぎらせ、サインを求めた。手紙をカバンにしまうときだが、ブエノスアイレスのエセイサ空港からスラーコまでの飛行機の切符がちらと見えた。

書斎を出ようとして、ショーペンハウアーの本の前で足を止めた博士は、こう言った。

「わたしたちの師、わたしたちの共通の師は、いかなる行為も無意志ではありえない、と考えました。あなたがこの家に、この優雅な、豪華な邸宅に残られるとすれば、それは、あなたが秘かにここにとどまることを願っておられるからですよ。あなたのご意志を尊重し、深く感謝します」

この最後の施しものを、わたしはひとことも口をきかずに受け取った。

わたしは表のドアまで送って出た。別れぎわに博士は言った。

「おいしいコーヒーでした」

すぐにも火にくべるつもりだが、この取りとめもない話を読みなおしてみる。会見は時間的には短いものだった。

もはや二度と筆を執ることはない、そんな予感がする。まさに、わが戦記は終われり《モン・シエージュ・エ・フェ》。

マルコ福音書

事件が起こったのは一九二八年三月の下旬、フニン郡も南のほうのラ・コロラダ農場でのことである。そしてその主役は医学生のバルタサル・エスピノサ*だった。ラモス・メヒアス街の英国系の学校で一度ならず賞を得たことがある弁論の才と、底抜けのお人よしという点を除けば、とくに目立つところのないブエノスアイレス生まれの青年。そんなふうに言えばいいだろう。彼は議論を好まなかった。自分を押さえて相手に花を持たせるほうをえらんだ。賭けごとが好きだったが、腕は悪かった。相手から巻き上げるのが気に染まなかったのだ。偏見はないが、頭は良くはなかった。三十三になっていながら、もっとも好きな科目の点が取れなくて卒業できずにいた。当時の紳士はいずれもそうだが、彼の父親も自由思想家で、彼にハーバート・スペンサーの思想を吹き込んだ。しかし母親は、モンテビデオに旅立つ前の彼に、毎晩、主の祈りを唱え、十字を切るようにとすすめた。彼は長年、けっしてこの約束を破らなかった。別に小心だったわけではない。ある朝、むりに学内ストに参加させようとする同級生たちを相手に二、三発なぐり合ったことがあるくらいだ。腹を立ててというのではなく、関心がなかったから。妥協的な性格で、どうかと思うような考え方や癖がいろいろとあった。よその土地の人間がわれわれはいまだに鵞《が》ペンを用いていると思いはしないかと気にした。フランスにあこがれていたが、フランス人たちは軽蔑していた。アメリカ人たちを馬鹿にしているくせに、ブエノスアイレスに摩天楼があることは認めていた。平原のガウチョは高原や山のガウチョより優れた馬の乗り手だと信じていた。いとこのダニエルからラ・コロラダに避暑に来るように誘われたとき、彼はその場で承知したが、とくに田舎が好きだからではなく、人には逆らえない性分だし、断わる理由を探すのも億劫《おっくう》だという、それだけのことだった。

農場の建物はだだっ広くて、少々荒れていた。そして、グトレという名前の監督の住居がすぐそばにあった。グトレの家族は父親とひどく愛想の悪い息子、それに父親の血を引いているかどうか疑わしい娘の三人だった。そろって背が高く、骨ばったたくましい体をしていた。髪は赤っぽく、顔はインディオを思わせた。ほとんど口をきかなかった。監督の妻は数年前に死んでいた。

エスピノサは田舎へ来て、知らなかったこと、思ってもみなかったことを、いろいろと覚えた。たとえば、人家の前では馬を駆けさせてはいけないとか、馬に乗って出かけるのは用事を果たすときにかぎられるとかいったことである。その時間さえあれば、小鳥の声を聞きわけることもできそうに思えた。

二、三日たったころ、ダニエルが家畜の取引で首府へ出かけることになった。用事はせいぜい一週間で片付くはずだった。いとこの艶福《ボン・フォルチュヌ》ぶりや流行の服への飽くことのない関心にうんざりしていたので、エスピノサは教科書とともに農場に残るほうをえらんだ。暑さが厳しくて、夜になっても息がつけなかった。夜明けに雷鳴で目が覚めた。風でモクマオウの木が激しく揺れていた。エスピノサは降りはじめた雨の音を聞いて、神に感謝した。急にあたりの空気が冷たくなった。そしてその日の午後、サラード川が氾《はん》濫《らん》した。

翌日のことである。回廊に立って水びたしの畑を眺めていたバルタサル・エスピノサは、パンパを海になぞらえるあの比喩《ひゆ》も、少なくともこの朝の状態ではいいかげんなものではないと思った。もっともハドソンは書いている。馬の背や地面からではなく、船の甲板から眺めるのだから、海のほうがはるかに広く感じられる、と。雨脚はいっこうに衰えなかった。グトレ家の者たちは村人に助けられて、というよりじゃまされながら、農場のかなりの部分を救った。多くの家畜が死んだが。ラ・コロラダへは四本の道が通じていたけれど、そのすべてが水の下になってしまった。三日目には監督の家で雨漏りが始まり、エスピノサは一家のために農具部屋に近い奥の一室を提供した。この引っ越しは彼らを近づけることになった。食事は大きな食堂でいっしょにした。話がはずむというわけにはいかなかった。グトレ家の者は畑のことはいろいろと心得ていても、説明できなかった。ある晩エスピノサは、フニンに軍司令部があったころだが、この近辺の人間はインディオの襲撃のことを覚えているかしら、と彼らに聞いた。覚えているという返事だったが、しかし彼らは、チャールズ一世*の処刑について聞かれてもおなじ返答をしたことだろう。エスピノサは父親がよく口にした言葉を思い出した。長生きした田舎の人間のほとんどは、ひどく物覚えが悪いか、日にちの観念が薄れてしまっている。自分の生まれた年も、自分を生ませた者の名前もガウチョたちは知らないというのだ。

屋敷じゅうを探しても『ラ・チャクラ（農場）』という雑誌のひとそろい、獣医学の手引き、『タバレー』*の豪華本、『アルゼンチンにおけるショートホーン種の肉牛の歴史』、数冊のエロチックな読み物や探偵小説、最近出版された『ドン・セグンド・ソンブラ』

という小説のほかには、本と呼べるものはなかった。エスピノサは逃れられない食後のテーブルの時間つぶしに、字の読めないグトレ家の者のために『ドン・セグンド・ソンブラ』を二章ずつ読んでやった。ぐあいの悪いことに、監督はむかし牛運びをしていたことがあって、他人の身の上には関心を示さなかった。監督は、その仕事はつらいものではない、必要なものはすべて馬車に積んであるから、と言った。また、牛運びにならなければゴメス湖やブラガド、チャカブコのヌニェス家の農場まで行くこともなかっただろう、と言った。台所にギターが置かれていた。こうして書いている事件の起きる前のことだが、雇い人たちはよく台所に集まった。車座になって、ある者がギターの弦の調子をみるが、弾くことはしなかった。それは、ただのギター遊びと呼ばれていた。

エスピノサは顎髭《あごひげ》を伸ばしはじめていた。長いあいだ鏡の前に立って、すっかり変わった自分の顔をつくづく眺めた。サラード川の洪水の話をしたら、ブエノスアイレスの仲間たちはさぞかし退屈するだろう、と考えてにやにやした。奇妙なことに、それまで一度も行ったことのない、またこれからも行くはずのない土地が、懐かしく思われた。ポストの立っているカブレラ街の角、エル・オンセ街から数丁はなれたフフイ街のある表門を飾っている数個の石のライオン像、場所ははっきりしないが床に石を張った一軒の店。兄弟や父親はダニエルをとおして、彼が洪水のために島流し——アイスラッド——語源的に見てこの言葉がぴったりだが——も同然の状態にあることをすでに知っているはずだ。

　すっかり水に囲まれた屋敷をあちこち探検しているうちに、エスピノサは英語版の聖書を見つけた。巻末の数ページにわたってガスリー家——これがグトレの正しい家名だったのだ——の歴史が書きしるされていた。一家はインヴァネスの出で、十九世紀の初葉、おそらく労働者としてこの大陸に流れつき、インディオと血を混じえることになったらしい。記録は一八七〇年代で終わっていた。もはや字を書くすべを忘れたのだ。何代かをへるうちに英語は忘れられたが、エスピノサが知ったときも、彼らはまだスペイン語をしゃべるのに難渋していた。信仰心は欠いていたけれども、カルヴァン派の激しい狂信とパンパ特有のさまざまな迷信が、曖昧な痕跡のように彼らの血のなかに生きていた。エスピノサはこの発見の話を彼らにしたが、ほとんど聞こうとしなかった。

　聖書をめくると、たまたまマルコ福音書の出だしを開いた。翻訳の練習のつもりで、また彼らが少しでも理解できたらと思って、エスピノサは食後に福音書を読んでやることにした。驚いたことに、彼らは注意深く、やがて興味ありげに口もきかずに耳を傾けた。表紙の金文字が彼の声に威厳を添えることになったのかもしれない。聖書がその血のなかにひそんでいるのだ、と彼は考えた。また、人間は長い時間をとおして、つねに二つの物語をくり返してきた、愛する島を地中海に求めつつ漂流する船の物語と、ゴルゴタの丘で十字架にかけられた神の物語がそれだ、とも思った。彼はラモス・メヒアスにおける弁論のクラスのことを思い出して、立ち上がって福音書の物語を読んだ。

グトレ家の者たちは福音書の時間が待ち遠しくて、ビフテキやいわし料理を急いで片付けるようになった。

娘がかわいがり、空色のリボンなどを結んでやったりしていた子羊が有刺鉄線でけがをした。血を止めるのに蜘蛛《くも》の巣をなすりつけようとするので、エスピノサは薬で手当をしてやった。この治療によって彼らの心に目覚めた感謝の念もまたエスピノサを驚かせた。最初のうち、彼はグトレ家の連中を信用できなくて、持参した二四〇ペソの金を一冊の本に隠していた。主人が留守のいま、彼が代わっておずおずと命令を下すことになったが、それらはただちに守られた。グトレ家の連中は行くあてのない人間のように、部屋のなかだろうと廊下だろうと、彼のあとを追った。福音書を読み上げながら気づいたことだが、彼がテーブルにこぼしたパン屑をそっと片付けてくれた。ある日の午後、彼は連中が自分のことを敬意を込めて、言葉少なに話しているのを見かけた。すでにマルコ福音書も終わり、彼は残りの三つのうちの一つを読もうと思った。ところが父親が、よく理解できるように前に読んだものをもう一度読んでくれ、と言った。エスピノサは、変化や新奇なものよりも反復を好むところは、まるで子供のような連中だと思った。ある夜、彼は大洪水の夢を見た。不思議なことではなかった。大箱をつくる金槌《かなづち》の音で目を覚まさせられたのだが、雷鳴ではないかと思ったくらいである。事実、衰えていた雨がふたたび勢いを増していた。ひどい寒さだった。嵐のために農具部屋の屋根が落ちた、梁《はり》のぐあいをなおしてからいずれ見ていただく、という報告があった。彼はもはやよそ者ではなかった。みんなが丁重に扱ってくれた。彼を甘やかしている、そんな感じさえした。コーヒーの好きな者はいないはずなのに、彼のために砂糖のたっぷり入った一杯のコーヒーがいつも用意されていた。

ある火曜日、嵐が始まった。木曜日の夜半、彼は万一を思って鍵をかけることにしているドアが軽くたたかれる音で目を覚ました。起き上がってドアを開けると、娘が立っていた。暗くて姿は見えなかったが、足音で素足だということがわかった。さらにベッドに寝てから、奥からここまで裸で来たことを知った。彼女はエスピノサに抱きつきもしなければ、一言もしゃべろうとしなかった。そばに横になって震えていた。男と寝るのは初めてだったのだ。去りぎわにキスさえしなかった。エスピノサは娘の名前も知らないことに気づいた。突きつめて理由を考えることはしなかったが、心の底にそれをうながすものがあり、彼はこの話はブエノスアイレスの仲間の誰にもすまいと誓った。

翌朝もこれまでと変わらなかった。ただ、父親がエスピノサに話しかけ、キリストはみずからの命を捨てて人類のすべてを救ったのか、と尋ねた。エスピノサは自由思想の持ち主だったが、これまで読んで聞かせたことはすべて正しいと言わざるをえない羽目に陥り、こう答えた。

「そのとおり。地獄からすべての人間を救われたのだ」

するとグトレはたたみかけて、

「地獄って、どんなところです？」

「地下にあって、亡霊が激しく身を焼かれる場所だよ」

「キリストに釘を打った者たちも、救われたんですかね？」

「もちろんさ」あやふやな神学の知識しかなかったが、エスピノサはそう答えた。

彼は、監督がゆうべ娘とのあいだにあったことを話せと迫るのではないかと恐れていた。昼食のあと、福音書の最後の二、三章をもう一度読むように頼まれた。

エスピノサは長い時間昼寝をしたが、その浅い眠りはうるさい金槌の音や、はっきりしない予言めいた言葉によってときおり中断させられた。夕方近くなって起きた彼が廊下へ出て、

「水が引きだした。もうじきだ」と独りごとのように言うと、グトレがオウム返しに、

「ええ、もうじきです」と答えた。

三人で彼のあとをつけていたのだ。彼らは石の床にひざまずいて祝福を求めた。そのあと彼を呪い、唾《つば》を吐きかけ、屋敷の奥へ押し立てた。娘はただ泣いていた。エスピノサは、ドアの向こうで待っているものを悟った。ドアが開かれたとき青空を見た。一羽の鳥が鋭く鳴いた。ベニヒワだ、と思った。農具部屋の屋根がなかった。十字架を建てるために梁が取りはらわれていた。

ブロディーの報告書

親友のパウリノ・ケインズが手に入れてくれたものだが、レイン訳*の『千一夜物語』（ロンドン・一八三九年刊）の第一巻のなかで発見された手稿を、以下スペイン語に翻訳してみようと思う。タイプライターが出現したために徐々にわたしたちのあいだから失われつつある、その凝った美しい書体から考えて、やはりおなじ時期に書かれたもののようである。周知のとおり、レインは長い注釈をふんだんに加えている。余白に手稿とおなじ筆跡でいろいろと書き込みがされ、疑問符が打たれ、ときには訂正がほどこされている。読み手が興味をかき立てられたのは、シェヘラザードの不思議な物語よりもむしろイスラームの風俗だったとも言えそうだ。花押《かおう》で美しく飾られた末尾の署名の主であるが、このデイビッド・ブロディーについては、アバディーン生まれのスコットランド人宣教師であり、アフリカの中部で、後にブラジルの密林地帯で――ポルトガル語を解したために、そこに派遣されたのにちがいない――伝道に従事したという事実を除いては調べがつかなかった。死亡の日時や場所も不明である。わたしの知るかぎりでは、この手稿が活字になったことはない。

聖書から引用された章句や、この善良な長老派の僧侶がとくにラテン語で慎ましやかに書きとめている、ヤフー族の性風俗に関する興味ぶかい一節以外はいっさい省略することなく、飾り気のない英語によって記された報告書を忠実に翻訳してみたい。ただし、一ページ目は欠けている。

＊

……猿人《エイプマン》が数多く見かけられる地域だが、そこにはまたムルク族★が居住している。以下、彼らをヤフー族と呼ぶことにしよう。その本性は動物であることを読者に忘れてもらいたくないからであり、さらに、彼らの耳ざわりな言葉には母音がないため、正確な転写がおよそ不可能だからである。筆者の信ずるところ、この種族に属する者の数は、さらに南の灌木地帯に住みついたンル族を含めても、七百を超えない。筆者が持ち出した数字は推定である。国王や王妃、呪術師《じゅじゅつし》は例外だが、ヤフー族はとくに場所を定めず、夜を迎えたその場で眠るからである。マラリアと猿人たちの絶えまない侵入で、その数は減少しつつある。名前を持っている者はごく少数にすぎない。名前を言うかわりに、自分の体に泥をたたきつける。仲間を呼ぶのに、地面に身を投げ出して、そこらじゅうころげ回るヤフー族を見かけたこともある。額がより狭く、黒さをやわらげるような赤銅がかった肌の色をしている点を除くと、外見はクルー族*と変わらない。木の実や根、爬虫類《はちゅうるい》がその食物である。猫や蝙蝠《こうもり》の乳を飲み、手づかみで魚を取る。人目につかぬところで、あるいは眼をつむって、食事をする。それ以外のことは、犬儒派*の哲学者ではないが、衆人環視のなかで行なう。呪術師や国王たちの死体を生でむさぼる。その力をわがものにするためである。筆者がこの風習を非難すると、彼らはその口と腹部に手をあてた。おそらく、死人もまた食物たりうることを示すためだった。あるいは、この点はきわめて微妙であるが、われわれの食するものは、結局のところ、すべて人肉であることを教えるためであったかもしれない。

彼らの戦争では、ふだんから蓄えられた石と調伏《ちょうぶく》が用いられる。裸体が普通であって、衣服や刺青《いれずみ》は彼らのあいだでは知られていない。

★(Mlch の)ch には loch* という単語が有する音価を与える(筆者注)。

とくに注目すべき事実がある。草の生い茂った広い高地があり、そこには澄んだ泉が湧き、格好な影になる木が立っているにもかかわらず、彼らが好んで麓《ふもと》をとり巻く沼沢地《しょうたくち》にたむろし、厳しい熱帯の日ざしや不潔な状態をむしろ楽しんでいる節があるという事実である。斜面は起伏がはげしく、猿人にそなえる一種の城壁を形づくっている。スコットランドの高地では、諸部族はその城砦《じょうさい》を山頂にきずく。筆者はこのことを呪術師たちに話し、それにならうようにすすめたが、まったくむだであった。しかし、彼らは筆者には、さわやかな夜風が吹く高地に小屋を建てることを許してくれた。

種族は王によって治められ、王の権力は絶対的であるが、しかし筆者の推察では、実権をにぎっているのは、王をえらび、つねにそばに控えている四人の呪術師である。生まれてくる赤子はすべて、入念に体をあらためられる。筆者はついに教えられなかったが、ある種の聖痕が認められれば、その赤子はヤフー族の王に推される。ただちに彼は去勢され、両眼を焼かれる。世俗によってその知恵をくもらされないためである。彼《ヒー・イズ・ゲルディッド》……王は屋形《クスル》と呼ばれる洞窟《どうくつ》の奥に押しこめられていて、四人の呪術師と、全身を糞便でまぶすなど身の回りの世話をする二人の女奴隷だけが、そこに入ることを許される。いったん戦いが始まると、呪術師たちは王を洞窟の外にはこび、種族の者にその姿を示して士気を鼓舞する。そして旗幟《きし》か護符のように、肩にのせて戦場のまっただなかにかつぎ込む。この場合、おおむね王は猿人たちの投げる石に打たれて立ちどころに死ぬ。

別の屋形に王妃が住んでいるが、王妃は王に会うことを許されていない。筆者は謁見を賜わったが、王妃はその種族の者として考えられる範囲で、愛想がよく、若くて美しかった。金属や象牙《ぞうげ》の腕輪と、獣歯の首輪でその裸体を飾っている。王妃は筆者をしげしげと見、匂いを嗅ぎ、体に触れた。そして最後に、侍女たちみんなの見ている前で、筆者に身をまかせようとした。クロースつまり僧服《アビト》をまとう身であり、習慣《アビト》にも反することなので筆者は固辞したが、それはつねづね呪術師や、その隊商《カフィラ》が国内を往来する、おおむねイスラーム教徒の奴隷商人に与えられる名誉だという。王妃は純金のピンで二度、三度、筆者の肌を刺した。この刺傷が寵愛《ちょうあい》のしるしであって、ヤフー族のなかには、王妃の仕業と見せかけるために、自分の体を傷つける者も少なくない。上に挙げた装飾品はすべてよその土地からもたらされたものである。ヤフー族はそれらを天然のものだと信じている。というのは、彼らはきわめて単純な物さえ作ることができないからである。この種族にとっては筆者の小屋も、現にそれを建てるのを見、手助けしてくれた者が大勢いるにもかかわらず、一本の樹木であった。筆者はその他さまざまな品物といっしょに、時計、ヘルメット、磁石、聖書などを持ち込んでいた。ヤフー族は眺めたり手に取って重さをはかったりしたあげく、それらを拾った場所を知りたがった。彼らはまた、よく筆者の山刀の刃先をつかんだ。おそらく、別の物に見えたのであろう。椅子なども、彼らはどの程度まで理解できただろうか。数室をそなえた家屋は彼らには迷宮と思われたにちがいない。しかし、その種のものを想像できないにしても、おそらく彼らはそこで迷ったりはしないはずである。猫の場合にそんなことがないように。当時はまだ朱色をしていた筆者の髭《ひげ》はみんなの驚嘆のまとであった。彼らは長時間、それを撫でたりさすったりしていたものである。

腐りかけの生肉や、異臭をはなつ雑多な物から与えられる喜びを除くと、彼らは苦痛も快楽も感じない。想像力が欠けているために、残忍な行為にはしる。

王妃と国王についてはすでに語ったので、こんどは呪術師の話に移ろう。彼らは四人であると書いたが、この数は彼らの計算に現われる最大のものである。彼らは指を用いて、一、二、三、四、そしてたくさん、と数える。無限は親指から始まるのだ。たしかな話として聞いたところでは、ブエノスアイレスの近辺に出没するいくつかの種族の場合もおなじだという。四が彼らの有する最大の数であるにもかかわらず、交易の相手であるアラブ人も彼らをだますことはできない。交換のさい、品物はすべて一個、二個、三個、四個のやまにわけられ、各自がそのそばに控えているからである。取引は悠長に行なわれるが、間違いやいかさまは許されない。実をいうと、ヤフー族のなかで筆者の関心を強く引いたのは、ただ呪術師たちである。一般の者は、呪術師たちには彼を思いのままに蟻《あり》や亀に変える力があると信じている。筆者が疑っていることに気づいたある者は、これがその証拠だとでもいうように、蟻の巣を指さした。ヤフー族には記憶というものがまったくないか、ほとんど欠けている。豹《ひょう》の出没によって受けた被害について語るのはいいが、果たしてそれが、彼らや父母の体験であるのか、それとも夢のなかの話であるのか、彼ら自身が知らない。ごくわずかではあるけれども、呪術師たちには記憶力がそなわっている。彼らは午後になってからも、朝のうちに、いや、前日の午後に起こったことを思い出すことができる。彼らはまた予見の能力を持っている。十分後に、あるいは十五分後に起こるはずのことを、冷静かつ確信ありげな態度で予言する。たとえば、一匹の蠅が首筋をかすめるであろう、とか、間もなく小鳥の鳴き声がするであろう、とかいった類いのことを口にするのである。この奇妙な能力の証拠を、筆者はこの眼で何百回となく見た。そしてそのことについておおいに考えた。われわれは、過去、現在、未来のできごとが逐一、神の予言的記憶のなかに、神の永遠の時のうえに刻まれていることを知っている。奇異に思われるのは、人間は無限に遠く背後を振り返ることができるが、前方を見ようとすればそれが不可能だということである。筆者がやっと四歳になったころ、ノルウェーからやってきた大きな帆船を見た。その姿をいまも実にはっきりと覚えている。だとすれば、まさに起こらんとしていることを予見する能力のある人間がいたとしても、この事実に驚くことはないのではあるまいか。哲学者流の言い方をすれば、記憶は未来の予知に劣らず霊妙なものである。明日という日はヘブライ人の紅海越えよりもわれわれに近いところにある。にもかかわらず、われわれは後者を記憶している。ところで、ヤフー族は星を眺めることを禁じられている。この特権は呪術師たちのものである。呪術師はおのおの一名の弟子を抱えていて、幼いころからさまざまな秘儀を教え、死後その後継者とする。したがって、呪術師の人数はつねに四人である。人間の精神がおよぶ最大のものであるがゆえに、この数は魔術的な性質を有する。呪術師は彼らなりの地獄と天国の観念を持っている。それらはともに地下にある。明るく乾いた地獄には、病人、老人、身障者、猿人、アラブ人、豹などが住む。暗い沼地と想像されている天国には、地上にあって幸福な生を送った者、冷酷無残にふるまった者、すなわち王や王妃や呪術師たちが住むとされている。彼らはまたある神を信仰している。この神は手足を欠き、盲目で、傴僂であるが、無限の力をそなえている。一般に蟻か蛇のかたちを取って現われる。その名はエスティエルコル、*おそらく王の姿に似せて考えたものであろう。

以上のようなことであるから、筆者がそこに滞在中に、たった一人のヤフー族さえ改宗させえなかったと知っても、誰も驚かないであろう。「われらが父よ」という言葉に彼らは当惑した。彼らには父性の観念が欠如しているからである。九か月前に行なったある行為が赤子の誕生となんらかの関係があるとは、彼らには考えられないのである。そのように遠く、およそ真実性の乏しい原因を原因として認めないのだ。さらに、すべての女が肉の交わりを経験するが、そのすべてが母親となるわけでもない。

彼らの言語は複雑である。それは、筆者が知っているどの言語にも似ていない。文というものが存在しないから、品詞について語ることはできない。単音節の語の一つ一つがある包括的な観念に対応しており、状況や表情によって限定される。たとえばnrzという単語は「飛散」もしくは「斑点」を暗示する。そして「星空」「豹」「鳥の群れ」「あばた」「はね」「散乱」あるいは「潰走」などを意味しうる。それにたいしてhrlという語は「群集」もしくは「稠密《ちゅうみつ》」を指示し、「種族」「樹幹」「石」「石のやま」「石積みの作業」「四人の呪術師の集会」「媾合《こうごう》」「森」などを意味することがある。別の仕方や異なった表情で発音すれば、それぞれの語は反対の意味を持つことになる。これはとくに驚くべきことではない。われわれの言葉でも cleave という動詞は、「裂く」「結合する」を意味している。だが、文が存在しないこと、短い句さえないこと、これは事実である。

そのような言語が要求する抽象能力から考えて、ヤフー族はその野蛮さにもかかわらず、原始的な種族というよりはむしろ退化した種族だという気がする。この推理を確証するものに、筆者が台地の上で発見した碑文がある。その文字はわれわれの先祖が刻んだルーン文字*に酷似しているが、もはやヤフー族もそれを解読することができない。書き言葉は忘れられて、話し言葉だけが残されたとも考えられる。

人びとの楽しみは、よく仕込んだ猫の喧嘩と罪人の処刑である。何者かが王妃を辱めようとしたり、他人の見ている前で食事をしたことの罪を問われたとする。第三者の証言も自白も不必要である。王みずからが判決をくだす。宣告を受けた罪人は、いまも筆者が思い出さないよう努めている拷問にかけられ、やがて石責めの刑に処せられる。王妃には最初の石と、おおむね無用であるが最後の石を投げる権利が与えられる。群集はそのねらいのたしかさや陰部の美しさをほめそやし、熱狂して薔薇《ばら》の花や異臭を放つものを投げる。王妃は黙って、笑っている。

この種族の別の習俗は詩人という存在である。たいていの場合意味は不明だが、ある男が六つないし七つの単語を並べることを思いついたとする。彼は自分を抑えられず、地面に寝そべった呪術師や一般の者たちがつくる輪の中央に立って、それらの単語を大きな声でとなえる。詩が興奮をひき起こさなければなにごともない。だが詩人の言葉がみんなの心を捕らえた場合は、みんなははなはだしい畏怖《アンダー・ア・ホウリィ・ドレッド》に駆られて、黙って詩人のそばをはなれる。詩人に精霊がのり移ったと感じるのだ。誰も、母親でさえも彼に話しかけたり、彼のほうを見たりはしないだろう。彼はもはや人間ではなくて、神であり、誰でも彼を殺すことが許される。運が良ければだが、詩人は北の砂漠にのがれる。

ヤフー族の土地へたどり着いたときの模様はすでに語った。読者も思い出されるはずだが、彼らに取り囲まれた筆者が空に向けて銃を一発撃つと、彼らはその銃声を魔の雷鳴のようなものだと思った。この錯覚を長続きさせる目的で、それ以後、筆者はできるだけ武器を持たずに歩きまわることにした。春のある朝のことだった。東の空が白みはじめるころ、猿人たちが不意にわれわれを襲った。筆者は武器を手に頂上から駆け下りて、それらの獣のうち二頭を仕留めた。ほかの猿人たちは仰天して逃げ出した。言うまでもないが、弾丸は眼に見えないものである。生まれて初めて、筆者は自分に向けられた称讃の声を聞いた。王妃が筆者を引見したのは、たしか、そのときであったと思う。だが、ヤフー族の記憶はたよりない。筆者はその日の午後にそこを去った。密林の旅の苦難は語るほどのものではない。やがて筆者は、地を耕し、種をまき、神に祈ることを知っている黒人の部落にたどり着いて、ポルトガル語で彼らに事情を伝えることができた。ロマンス語学者でもある宣教師、フェルナンデス神父がその小屋に筆者を泊め、ふたたび苦しい旅が続けられるようになるまで、面倒をみてくださった。最初のうち、神父が大きな口をあけて食べ物を奥へ押しこむのを見るたびに、胸が悪くなったものである。筆者は手を眼の前にやったり視線をそむけたりしたが、しかし二、三日後には慣れてしまった。神学上の議論を戦わせたことが懐かしく思い出される。筆者はついにイエスへの純粋な信仰を取りもどしえなかった。

筆者はいまグラスゴーでこれを書いている。ヤフー族のなかでの生活については述べたけれども、筆者の心から完全に消えることがなく、夢で筆者を襲うことさえある、そのほんとうの恐ろしさは伝えられなかった。通りを歩いていても、いまだに彼らに取り囲まれている気がする。筆者の考えでは、ヤフー族は野蛮な種族、おそらく地球上でもっとも野蛮な種族である。しかし、彼らの救いとなるべきいくつかの点を見のがせば、不公平というものだろう。彼らもさまざまな制度を有し、王を戴き、抽象的な概念に基づいた言語をあやつり、ヘブライ人やギリシア人のように、詩の神に始まることを信じており、肉体が死んだ後もなお霊魂は生きていると感じている。因果応報の理を信じて疑わない。要するに、彼らにも文化があるのである。それゆえに多くの罪を犯しているとはいえ、われわれに文化があるように。彼らとともに猿人と戦ったことを筆者は後悔していない。われわれには彼らを救済する義務がある。陛下に仕える政府当局者によって、この報告書の言わんとするところが無視されることのないよう希望する。

訳　注

まえがき

＊キップリング　ラドヤード・キップリング。インド生まれのイギリスの作家(一八六五―一九三六)。『ジャングル・ブック』(九四)や『キム』(〇一)などが代表作で、〇七年にはノーベル賞を受けた。ボルヘスが高く評価するのは、『高原平話』(八八)その他に収録されている、平易かつ簡明な短編の作り手としてのキップリングである。

＊アイソーポス　ギリシアの作家(前六世紀頃)。動物たちの行為および性格を借りて、大衆にわかり易く人生の機微を教える説話集『イソップ物語』で知られる。

＊〈黒　蟻《オルミガ・ネグラ》〉　サン・ニコラス郡生まれのガウチョ。本名はギジェルモ・オジョ(一八三七頃―一九一八)。投げ石とナイフで闘った。ブエノスアイレスの「パトリア・アルヘンティナ(祖国アルゼンチン)」紙(一八八一年十二月、十六―二十六号)に連載された、当代の人気作家エドゥアルド・グティエレス(一八五一―八九)の同名の小説の主人公でもある。

＊ロサス　フアン・マヌエル・デ・ロサス。アルゼンチンの軍人政治家(一七九三―一八七七)。一八三五年から五二年にかけて独裁的な権力を振るった。

＊六日戦争　アラブ諸国との第三次の戦い（一九六七）でイスラエルはシナイ半島、ガザ、ゴラン高原などを占領した。

＊モールドンのバラード　九世紀から十二世紀にかけて、イングランド南東部に侵入を試みるデーン人相手の戦いの一つ（九九一）で倒れた、エセックス伯爵領の州太守ブリュフトノスの武勲を称える作品。

＊ポール・グルーサック　フランス生まれのアルゼンチンの作家（一八四八―一九二九）。ボルヘスのマイナー作家への偏愛を証明する一人。ボルヘスと同様に国立図書館長の職と失明を経験した。その悲運を謳ったボルヘスの「天恵の歌」は秀作である。

＊アルゼンチン方言の辞典　ボルヘスが利用していたのは、リサンドロ・セゴビア編『アルゼンチン方言辞典　新語と外来語』（ブエノスアイレス、コニ兄弟書店、一九一一）であった。

＊ルンファルド　ブエノスアイレスとその周辺でlunfa（盗賊）の仲間同士が用いた隠語がlunfardoの起源である。十九世紀後半からの大量の移民の流入に伴い各種の言語の影響を蒙るが、とくに顕著なのがイタリア語のそれで、lunfardoの語源もアルプスの麓のLombardia地方の言語を指すlombardoにあるという。今日では教養の有無、上流下流の別なく使用されている。

＊ロベルト・アルト　アルゼンチンの小説家（一九〇〇―四二）。ボルヘスが前衛的なフロリダ派に属するのに対して、社会的なボエド派を代表した。主要な作品は『七人の狂者』（二九）や『悪魔の恋』（三二）。

＊風俗劇《サイネテ》　十九世紀末から一九三〇年代のブエノスアイレスやモンテビデオなどで盛んに行なわれた、一幕三場の感傷的もしくはコミカルな寸劇で、タンゴの踊り、移民たちの俗語、犯罪者の隠語などが多用された。上演の場所も貧弱なアパートの中庭だった。

＊パレルモ　ブエノスアイレスの東部、ラプラタ川沿いの住宅地。もともとは貧しいイタリア移民が多く暮らしていた。

＊ロマス〔・デ・サモーラ〕　ブエノスアイレス南方の郡。かつてはイギリス人の居住区として知られていた。

＊マルティン・フィエロ　アルゼンチンの詩人ホセ・エルナンデス（一八三四―八六）作の同名の長編詩の主人公。

＊ケベード　フランシスコ・ゴメス・デ・ケベード・イ・ビリェガス。スペインの作家（一五八〇―一六四五）。バロック的な文体による悪漢小説や諷刺詩、滑稽詩などで知られる。

じゃま者

＊サンチャゴ・ダボーベ　アルゼンチンの作家（一八八九―一九五一）。二二年にあるサロンで知り合ったボルヘスは、彼の代表作である短編集『死神とその衣装』（六一）に序文を寄せている。

＊トゥルデラ　ブエノスアイレス州のロマス・デ・サモーラでも、とりわけ柄の悪さで恐れられた区域。

*クリオジョ　criollo の語源はポルトガル語で「養い子」の意の crioulo. もともとは「スペイン系の両親から生まれた白人」を意味したが、雑婚が進むにつれて混血の者をも指すに至っている。
*フアン・イベーラ　ロマス・デ・サモーラで悪名高かったイベーラ家の五男二女のきょうだいのうちの一人。賭博場を営み、選挙のさいには保守党のために買収を行なった。
*コスタ・ブラーバ　ブエノスアイレス州ラマージョ郡の小さな町。Costa Brava のうちの名詞 costa は「海岸、湖岸、川岸」の意で、形容詞 brava は「荒狂う、荒涼とした、荒くれの」の意。
*コンベンティジョ　原語は conventillo. 二十世紀初葉のブエノスアイレスでよく見かけられたが、広い中庭を囲むように部屋が配置され、トイレと台所は共用であるという、おおむね二階建ての安アパート。移民などが住んだ。
*パルド　「黒人」の意の negro という語が差別的と思われるのを避けて、ガウチョ文学や大衆文学でよく pardo が用いられる。もともとは「浅黒い、インディオめいた顔立ちの」の意。

卑劣な男

*タルカウアノ街　ブエノスアイレスの中心部にあり、コリエンテス街と交差するあたりに多数の古道具屋と古書店が見られる。
*ローゼンロス　クリスチャン・ローゼンロス。クノール男爵(生年一六三一)。キリスト教徒のヘブライ語学者でカバラ研究家。主著は『カバラ奥義』(一六七七—八四)。

＊ギンズバーグ　ルイス・ギンズバーグ。アメリカのユダヤ学者（一七七三―一八四八）。ユダヤ法典の『タルムード』や中世ヘブライ語に関する多数の著述がある。『ユダヤ百科事典』もそのなかの一冊。

＊ウェイト　アーサー・エドワード・ウェイト。イギリスの神秘主義者（一八五七―一九四二）。『イスラエルにおける神秘論』（一三）は経典『ゾハール』の象徴分析のもっとも権威あるものの一つ。

＊マルドナド川　ブエノスアイレスの北の境界であった細い川。現在は下水道としてファン・B・フスト大通りの下を流れる。

＊グローソ　アルフレド・バルトロメー・グローソ（一八六七―?）。『アルゼンチン史初歩』（九三）や『国史講座』（九八）のような標準的な小学校教科書の著者である。

＊サン・マルティン　ホセ・デ・サン・マルティン。アルゼンチンの軍人（一七七八―一八五〇）。スペインからの独立戦争で勝利し、チリとペルーの〈解放者《エル・リベルタドル》〉と称えられる。

＊ロス・コラレス　都市に食肉を供給するために家畜を搬入・肥育・処理する近郊の施設。原語は los Corrales. los Corrales de abasto ともいう。

＊エル・バホ　エル・バホ・デ・ベルグラノ。ブエノスアイレス北部のラプラタ川沿いの低湿地。つねに洪水や疾病の危険にさらされながら、密輸や売春の場となった。

＊サンチャゴ　ユダヤ系の少年がキリスト教でスペインの守護聖人サンチャゴ・マタモロス（モロ

人殺し)の名前を借りたのは、同化と保身が動機だったのだろう。

＊歌うたい《パジャドル》 ギターの弾き語りで、聴衆の求めに応じて即興で歌ったり、より一般的には仲間相手の問答で競い合った。リオ・デ・ラ・プラタ地域に独特のもの。

＊フアン・モレイラ 最後のガウチョと言われる神話的存在(一八一九―七四)。父親はガリシア出身で母親は土地の者。三十歳まではマタンサの牧場で穏やかに暮らしていたが、警察とのいざこざで凶悪な無法者とされ、首に高額の賞金をかけられたあげく、無惨に射殺された。

＊ルシート 「ロシア人」を指すrusoに縮小辞の付いた語で、アシュケナージ、つまりロシア・ポーランド・ドイツ系のユダヤ人を指す。アルゼンチンではロシア系が圧倒的である。反ユダヤ主義を怖れて言語や生活習慣を捨てる者が多い。

＊フニン街 ブエノスアイレスの中心部で、現在は中流の下といったところが住むエル・オンセ広場あたりから、上流の占めるバリオ・ノルテ(北区)まで走る。二十世紀初葉は娼家が軒を連ねていた。

ロセンド・フアレスの物語

＊パレデス ニコラス・パレデス。十九世紀から二十世紀に移るころのパレルモで勢力を振るった政治屋のボス。マッチョで、見栄っぱりで、威張っていて、喧嘩っ早くて、度胸が良くて、という典型的な無法者である。

＊コンセプシオン・デル・ウルグアイ　ウルグアイ川に臨むアルゼンチンのエントレ・リオス州の小都市。十九世紀初頭の独立戦争中と後半の内戦中は連邦の首都であった。

＊アレン　レアンドロ・ニセブロ・アレン。アルゼンチンの政治家(一八四四―九六)。一八八〇年代に少数支配層の腐敗に反発し、移民の二世や台頭する中産階級を糾合、普通選挙の実施を要求して急進党を結成した。

＊サン・テルモ　植民地であった十八世紀初葉、南方の現在のコンスティトゥシオンあたりに、イエズス会が開いたブエノスアイレスでももっとも古い地区の一つ。独立直前のイギリス軍の干渉には猛烈に抵抗し、現在の住民たちの気質も荒っぽい。作品の締めくくりは、したがって皮肉が込められている。

めぐり合い

＊スサーナ・ボンバル　アルゼンチンの女性作家。生没年は不詳。国際ペンクラブの理事を長くつとめた。『モルナ』(一九六九)で演劇賞を受けている。ヴァージニア・ウルフ風の『三回の日曜日』(一九五七)に序文を寄せたボルヘスは、その詩集『群虎黄金』のなかで一編をボンバルに捧げた。

＊ラフィヌル　アルバロ・メリアン・ラフィヌル。批評家(一八八九―一九五八)。『現代文学』(一八)、『アメリカの人物像』(二六)、『文芸における浪漫主義』(五四)などの著書があり、三六年にはアカデミー会員となった。ボルヘスの父の若いとこで、パレルモの娼家への出入りはこの遊

び人の手引きによるとか。

＊エリアス・レグレス　アルゼンチンのエントレ・リオス州出身のソングライター。非情と感傷の混交がその作品の特徴であった。

＊ルゴネス　レオポルド・ルゴネス。アルゼンチンの詩人（一八七四―一九三八）。象徴主義の影響の濃い『感情の太陰暦』（〇九）が代表作。一五年から青酸カリをあおる三八年まで、パラグアイ街の全国教育図書館の館長をつとめた。三〇年に国立図書館の長に推されたが、これは辞退。

＊トゥルーコ　地方や遊び場などでもっともポピュラーな、ポーカーによく似たトランプ遊び。それぞれ一人、二人、三人から成る二組の間で行なわれ、敵の手のうちを身振りで教えることも可能である。

＊ドン・セグンド・ソンブラ　アルゼンチンの作家リカルド・グイラルデス（一八八六―一九二七）の同名の小説の主人公。

＊レティーロ　ブエノスアイレスの中心部の一画。お上品なバリオ・ノルテ（北区）と、ドックに近くて気風の荒いエル・バホ（低地）から成っている。

＊ポデスタ　すでに道化で人気を博していたペペ・ポデスタ（生年一八五八）はそのサーカスで、エドゥアルド・グティエレスの小説中のガウチョ、フアン・モレイラを借りた黙劇（八四）や芝居（八六以降）を演じて、アルゼンチンの大衆演劇の礎石を据えた。

＊ラス・フロレス　ブエノスアイレスに近い村で、海抜一〇〇フィートの高みにあり、十九世紀に

は富裕層が週末や夏季の保養地とした。

フアン・ムラーニャ

＊カリエゴ　エバリスト・カリエゴ。アルゼンチンの詩人（一八八三―一九一二）。ボードレール風のただ一冊の詩集『異端のミサ』（〇八）を遺して夭折。父の友人で日曜ごとに訪れる詩人にボルヘスは深い感化を受け、後年その伝記（三〇）を書いた。「ロセンド・フアレスの物語」に姿を見せる、黒ずくめの服の青年はカリエゴにほかならない。

＊タメス街の学校　一九〇九年、ボルヘスはこの学校に通った。同級生のほとんどが貧しい家庭の子だったが、そのなかに後年、詩人となるオラシオ・レガ・モリーナや、チェ・ゲバラの父となるエルネスト・ゲバラ・リンチがいた。

＊ロベルト・ゴデル　ボルヘスより一歳下のフランス系の少年で、ホワイトカラーにネクタイという服装のために、ともに同級生のいじめに遭い、終生変わらぬ友情で結ばれる結果になった。

＊フアン・ムラーニャ　ナイフの無類の使い手で、名の聞こえた政治屋のボスのニコラス・パレデスに「犬のように忠実」だったこの無法者は、ボルヘスの詩や短編などに頻繁に顔を出す。

＊ラッセル小路　ボルヘスが子供のころ住んでいたセラーノ街から遠くない、パレルモの物騒な短い路地。

＊バラカス　ブエノスアイレスの南部でラ・ボカやコンスティトゥシオンに近く、リアチュエロ川

に沿う。労働者が多く住む。

＊グリンゴ　一般には「外国人」を指す語。移民の増大とともにとくに「イタリア人」を意味するようになった。語源については、「ギリシア語」もしくは「ちんぷんかん」の意の griego からとか、独立戦争時に侵攻した英国軍のアイルランド兵が歌った“*Green grow* the rushes in our emerald island...”に始まるとか、諸説がある。

＊リアチュエロ川　ブエノスアイレスの南端をかぎる浅い川。一五三六年に最初のスペイン人入植者が集落を築いたところである。長年にわたり、その河口は第二の港湾として小工場を集め、多数の移民を引き寄せた。

＊セラーノ街　ボルヘスが少年時代の初期を送ったパレルモの通り。家族とともに住んだ「二つの中庭と高い揚水用の風車、そして庭園の向こう側に空き地」のある家は、しばしば郷愁を込めて語られる。

老夫人

＊チャカブコ　アンデス方面軍を率いたサン・マルティン将軍が一八一七年二月十二日の会戦で、フランシスコ・マルコ・デ・ポン総督麾下のスペイン軍を破った、サンチャゴ・デ・チレの北方一〇〇キロほどの町。

＊カンチャ・ラヤーダ　チリ中部のタルカ市北方に広がる平原。ここで一八一八年三月十九日、サ

ン・マルティン将軍のアンデス方面軍がスペイン軍と戦って大敗を喫する。

＊マイプー　チリのサンチャゴの南方約一六キロのこの地で、一八一八年四月五日、サン・マルティン将軍麾下の軍団はスペイン軍を破り、チリ独立を確かなものにすると同時に南アメリカ、特にペルー解放の道を開いた。

＊アレキパ　ピサロが一五四〇年に建設した、ペルー南部の都市。独立戦争中の一八二二年八月、ボリバル軍を率いたアントニオ・ホセ・デ・スクレ将軍が到着し、さらにプノに進軍した。最終的にアレキパが陥落したのは一八二五年の一月である。

＊ホセ・デ・オラバリア　ホセ・バレンティン・デ・オラバリア。アルゼンチンの軍人（一八〇一―四五）。アンデス方面軍に志願してチリやペルーで戦い、ブエノスアイレスに帰ってからも、対ブラジルの戦闘や内戦に参加した。彼の経歴はマリアノ・ルビオ大佐の虚構のそれと重なる点が多い。

＊シモン・ボリバル将軍　ベネズエラの軍人政治家（一七八三―一八三〇）。南アメリカの独立にもっとも貢献した一人。一三年のベネズエラ他の勝利により〈解放者《エル・リベルタドル》〉の称号を得た。

＊アヤクチョ　一五三九年にピサロが建設した都市。現在の名称は、リマとクスコの中間のシエラ（山岳地帯）で一八二四年十二月九日、スクレ将軍がラ・セルナ副王を下したことにちなんで、シモン・ボリバルが命名したもの。

＊アルベアル　カルロス・マリア・デ・アルベアル。アルゼンチンの軍人政治家（一七八九―一八

五二)。一四年にモンテビデオでスペイン軍を撃破。二七年にブラジルと戦って戦功を挙げる。

＊イトゥサインゴー　アルゼンチン東北部のコリエンテス州の町。近郊で一八二七年二月二十日、アルゼンチン＝ウルグアイ連合軍とブラジル軍のあいだで激戦が行なわれた。

＊ラバージェ　ファン・ガロ・ラバージェ。アルゼンチンの軍人(一七九七―一八四一)。リオ・デ・ジャネイロ条約の後、バンダ・オリエンタル軍を率いてブエノスアイレスの連邦派と戦った。

＊オリーベ　マヌエル・オリーベ。ウルグアイの軍人政治家(一七九二―一八五七)。大統領職をめぐり赤軍のホセ・フルクトゥオソ・リベーラ(一七八四?―一八五四)と激しく争った。

＊フロレンシオ・バレーラ　アルゼンチンの作家(一八〇七―四八)。連邦派の独裁者であるロサス将軍に抵抗し、その手先により刺殺された。

＊パボン　アルゼンチン北部のサンタ・フェ州の同名の川を挟む地域。一八六一年九月十七日、ウルキサ将軍率いる連邦派とミトレ将軍麾下の統一派の会戦があった。

＊セペーダ　ブエノスアイレス北西のサン・ニコラス近傍の渓谷。一八五九年十月二十三日、ウルキサ将軍率いる連邦派がミトレ将軍麾下の統一派を破った。

＊グアダルペ教会　パレルモの教会の一つ。信徒の多くは、下層の移民や成り上がりの中産階級の者たちに反感を抱く、保守的な上流の階層に属していた。

＊グラン・ナショナル・ラインズ　一八七〇年頃に設立された英国系の市電の会社。

＊アンドラデ　オレガリオ・ビクトル・アンドラデ。アルゼンチンの詩人(一八三九―八二)。ユゴ

ー風の叙事詩と抒情的な作品の双方に優れ、生前は非常に人気が高かった。

＊モンタネル・イ・シモン　この家庭向きの十六巻の事典の発行元として知られた、バルセロナの出版社。

＊アルティガス　ホセ・ヘルバシオ・アルティガス。ウルグアイの軍人政治家(一七六四—一八五〇)。牧夫や無法者を集めてモンテビデオの副王やブエノスアイレスの統一派と戦った。

＊ウルキサ　フスト・ホセ・デ・ウルキサ。アルゼンチンの軍人政治家(一八〇一—七〇)。五二年のモンテ・カセロスの戦いでロサスを破り、連邦の大統領(五四—六〇)をつとめたが、後に暗殺された。

＊オリエンタル人　発見と植民の時代にウルグアイ川の東の地域は、バンダ・オリエンタルと呼ばれていた。一八二八年に独立を達成したウルグアイ共和国の人びとに対する、これは古風な呼び名である。

＊エル・オンセ広場　ブエノスアイレスでももっとも古い広場の一つ。ボルヘスの記憶では馬車の往来と結びついていたが、後に繁華な商店街となった。作家のマセドニオ・フェルナンデスとよく会ったカフェ〈ラ・ペルラ〉が広場に面していた。

＊〈マソルカ〉　「トウモロコシの穂」の意のこの語は元来、連邦派の首領のロサス将軍を支持して、一八三三年に発足した政治組織を指した。しかし、これが後に私兵化もしくは秘密警察化し、残酷な弾圧を強行した。お陰で原語の mazorca は más horcas「更なる絞首台を」と読み替えられ

るに至った。ボルヘスは「独裁者ロサスのゲシュタポ」と呼んだが。

争い

*フアン・オスバルド・ビビアノ　アルゼンチン愛書家協会の初代会長であるとか。挿画入り豪華本の形式でこの短編を刊行した。

*コリエンテス州　パラグアイやブラジルと接する、アルゼンチン北東部の州。一八一四年以降はいわゆる連邦派の牙城となった。また主婦たちは、近くのミシオネス州その他やパラグアイから雇い入れるメイドと意志の疎通を図るために、グアラニー語を多少話せる必要があった。

*グアラニー語　アマゾン川のデルタ地帯で生まれたインディオの言語の一つ。パラグアイだけでなくアルゼンチンの北東部でも使用されている。

*オルテガ・イ・ガセー　スペインの哲学者(一八八三—一九五五)。『芸術の非人間化』(二五)や『大衆の反逆』(三〇)などで知られている。内戦中はアルゼンチンに亡命していた。ボルヘスは、この哲学者の空疎な隠喩にあふれた修辞的な文章に批判的だった。

*フアン・クリソストモ・ラフィヌル氏　アルゼンチンの作家(一七九七—一八二四)。ボルヘスにとっては大伯父に当たる。新設の南部連合学院の哲学教授に選ばれるが、唯物論的な傾向を非難されて亡命を余儀なくされた。

*パスクアル・プリングレス大佐　フアン・パスクアル・プリングレス。アルゼンチンの軍人(一

七九五—一八三一）。サン・ルイス州出身の連邦派の指導者の一人で、リオ・キントの戦闘において降伏を潔しとせず、サーベルを折って川に身を投じたという。

＊カルタヘナ　コロンビア北部のカリブ海に臨む港で、ボリバル県の首府。一八一一年にスペインから独立したが、一五年に奪回され、最終的には二一年、シモン・ボリバル大統領によって解放された。

＊サロン・ナショナル　当時のブエノスアイレスではトップクラスのギャラリーだった。現在は美術館。

別の争い

＊カルロス・レイレス　カルロス・クラウディオ・レイレス・グティエレス。ウルグアイの作家（一八六八—一九三八）。ゾラ風の『ベバ』（九四）や観光小説呼ばわりされる『セビーリャの魅惑』（一二）などで知られる。

＊アドロゲー　ブエノスアイレスの南方の都市で、ボルヘスの一家はしばしば休暇をここで過ごした。

＊マナンチャレスの戦い　ウルグアイのコロニア県で一八七一年七月十七日に行なわれた会戦。ティモテオ・アパリシオ（一八一四—八二）の率いる革命軍がロレンソ・バトジェ大統領の軍隊に撃破された。

*〈三十三勇士《トレインタ・イ・トレス》〉 一八二五年、ファン・アントニオ・ラバジェハ(一七八〇―一八五三)の指揮のもと、ウルグアイ川を渡って圧倒的なブラジル軍を猛攻、勝利してオリエンタル州臨時政府の成立に貢献した、三十三名の愛国者。

*ムラート 白人と黒人の混血。

グアヤキル

*プラシド湾 ポーランド生まれのイギリスの作家ジョーゼフ・コンラッド(一八五七―一九二四)の南アメリカを舞台にした小説『ノストローモ』(〇四)で、架空のコスタグアナ国の町スラーコが臨む湾。

*イゲロタ 『ノストローモ』中の山脈で白く聳える高峰。

*オクシデンタル州 『ノストローモ』中でコスタグアナ国の西部の一州。

*ユゼフ・コジェニョフスキ コンラッドの本名、ユゼフ・テオドル・コンラト・ナウェンチュ・コジェニョフスキの一部。彼は長い船員生活の後、一八八六年に船長の資格を取り、イギリスに帰化をした。

*スル大学 ブエノスアイレス州の南部の都市、バイーア・ブランカにある国立大学。

*ホセ・アベリャノス 『ノストローモ』中の人物で、教養の高い政治家であり詩人である。

*グアヤキル エクアドル最大の都市で、グアヤス州の首府。スペインの征服者セバスチャン・

デ・ベラルカサル(一四八〇―一五五一)により一五三五年に建設された。太平洋岸の海港として繁栄を誇ってきた。

＊**国立歴史アカデミー**　アルゼンチンの歴史を編纂する唯一の目的で一八九三年に設立。会員はもっぱら指名による。

＊**チレ街**　ブエノスアイレスの南部で、コンスティトゥシオン広場から十ブロックのところでタクアリー街と交差する街路。作者ボルヘスは、サン・マルティン将軍がチリ(チレ)を解放した戦場の名にちなむマイプー街に住んでいた。

＊**ある詩人**　スペインの詩人アントニオ・マチャード(一八七五―一九三九)を指している。

＊**スアレス**　イシドロ・スアレス。アルゼンチンの軍人(一七九九―一八四六)。

＊**グリゼバッハ**　エドゥアルト・グリゼバッハ。ドイツの歴史学者(一八四五―一九〇六)。一八九一年に六巻のショーペンハウアーの著作集を刊行した。

＊**汝が戦記は終われり**《ヴォトル・シエージュ・エ・フェ》　ヴェルト修道院長ルネ・オベール(一六五五―一七三五)が、ロードス島攻略に関して提示された新資料を、すでに論述は完了しているとして斥けるさいに言った「わが《モン》戦記は終われり《シエージュ・エ・フェ》」のもじり。

＊**サルミエント**　ドミンゴ・ファウスティノ・サルミエント。アルゼンチンの作家(一八一一―八八)。政治や教育についても功績があり、大統領をつとめた(六八―七四)。啓蒙的な『ファクンド、即ち文明と野蛮』(四九)が主著。

＊言葉《ウァーズ》、言葉《ウァーズ》、言葉《ウァーズ》！　シェイクスピアの戯曲の第二幕第二場でポローニアスの問いに答えるハムレットの科白。

＊「マビノギヨン」　四世紀から五世紀に遡るウェールズ語で書かれ、魔術的および超自然的な要素にあふれたケルト族の神話・伝説の集成。

マルコ福音書

＊バルタサル・エスピノサ　主人公の姓の「エスピノサ」の原綴はEspinosa．これは十七世紀の哲学者Spinozaからの思い付き。連想をさらに進めれば、普通名詞のespinaは「茨」を意味するので必然的に、スピノザ同様にユダヤ人であったキリストの受難の「荊冠」へと至りつく。

＊チャールズ一世　一六二五年からイングランド、スコットランド、アイルランドを領する国王（一六〇〇—四九）。神権をめぐって下院と対立し、内乱で破れて処刑された。

＊『タバレー』　ウルグアイの作家ファン・ソリージャ・デ・サン・マルティン（一八五五—一九三一）作の悲恋物語（八八）。

ブロディーの報告書

＊レイン　エドワード・ウィリアム・レイン。イギリスの東洋学者（一八〇一—七六）。

＊クルー族　アフリカの象牙海岸やリベリアに住む、複数の集団から成る黒人種。

＊犬儒派　黒海南岸出身のシノペのディオゲネス（前四〇〇頃―前三二五頃）の生き方を範としたギリシア・ローマの哲学者たちで、犬儒派（キュニコイ）の名称はディオゲネスが犬（キュオン）呼ばわりされたため。慣習に縛られず徳に従って生きることがその理想であった。

＊loch　スコットランド語の loch の発音は［lok］で、意味は「湖」や「潟」である。

＊エスティエルコル　原語の estiércol は「動物の糞尿」の意なので「久曽神」か「汚穢大明神」と訳したいところ。

＊ルーン文字　北欧もとりわけスカンジナビアで、二世紀から十四世紀にかけてゲルマン諸語を表記するのに用いられた文字。石、木、骨、金属に刻まれたものが大半である。起源は北イタリアのエトルリア文字とする説が有力。

解　説

鼓　直

ホルヘ・ルイス・ボルヘス(一八九九―一九八六)が短編小説というジャンルに参入するのは、実はかなり遅くて、三十歳代も半ばに達しようというころのことでした。つまり、一九三四年から三五年にかけて『クリティカ(批評)』という当時有力な雑誌に順次に発表した作品を、やがて『汚辱の世界史』(一九三五)の一巻にまとめ、長らく専心していた詩や批評の分野から物語の世界へと転じるという、その意味ではこれは記念すべき作品集であるのですが、しかし「吉良上野介――傲慢な式部官長」や「トム・カストロ――詐欺師らしくない詐欺師」といった各作品の題名からわかるとおりで、このアンチヒーローたちの物語は原典がすでにあって、その再話という形式が採られているわけです。そこにはほとんど確実に、詩人あるいはエッセイストを自認していて、短編作家として立つことに躊躇というか自信の無さのようなものを感じている、ボルヘスの態度を窺うことが可能であると思われます。時を経れば明確なかたちで打ち出すことになるけれども、作者のいわゆる独創性なるものは根拠の欠けた虚妄にほかならず、作品とは文学の長い共有の伝統によって生み出されるものであるという、ボルヘスの信念の萌芽を読み取ることができるでしょう。

いずれにせよ、幼少のころからブエノスアイレスの場末のパレルモで実際に目にし耳にした事柄を題材にして、やくざな男たちの荒々しい生きざまを描いた「薔薇色の街角の男」はともかくとして、『汚辱の世界史』を形づくっている短編は、エッセーともストーリーともつかない中途半端なものと言えます。この特徴は『伝奇集』(一九四四)や『アレフ』(一九四九)のような、その後の作品集に収録されたものにも引き継がれていきます。ボルヘスの幻想的あるいは形而上的な作品世界がもっとも顕著に見られる、それらの短編集がそろって、エッセー的な作品、中間的な形式による作品、ストーリーの形式を備えた作品の三つに分別できることは容易に確認できます。例えば第一のグループには「記憶の人、フネス」「『ドン・キホーテ』の著者、ピエール・メナール」「ハーバート・クエインの作品の検討」「ユダについての三つの解釈」などが属しています。それらの作品には真の意味での物語的要素を見出すことは困難です。第二のグループはもっとも多くの作品を包含するもので、典型的なボルヘスの世界を垣間見させると言ってよい「トレーン、ウクバール、オルビス・テルティウス」「アル・ムターシムを求めて」「アレフ」「ザーヒル」「バベルの図書館」「バビロニアのくじ」などから成っています。第三のグループは「裏切り者と英雄のテーマ」「円環の廃墟」「死とコンパス」「八《や》岐《また》の園」その他を含んでいます。

特に第一と第二のグループにおいて作者のボルヘスが意図しているのは、本来のエッセーのなかで論じているような哲学的な観念を核として、それにフィクションを仮装させることでした。他方、第三のグループにおいては、もちろん上述の志向がまったく影を潜めているというわけではないけれども、物語のための物語を書こうという意志が前面に押し出されて、プロットが重要なものになり、はっきりした輪郭を備えた人物も登場いたしました。

そこで、『伝奇集』や『アレフ』から二十年もの歳月を隔てて刊行されるに至った、この『ブロディーの報告書』はどうかということですが、主として一九六九年から翌年にかけて執筆され発表された作品を集めたものであるそれには、上述のような第一や第二のグループに所属するものはおおむね無く、第三のグループに適合するものが含まれています。

ボルヘスが例によって付した「まえがき」によれば、『ブロディーの報告書』に採録された作品はいずれもストレートで、リアリスティックなものです。ボルヘスは所詮《しょせん》ボルヘスであるという諦めの境地に達すると同時に、己れの声を見出し、バロック的な文体から平易かつ直截的なそれに転じて、新奇や変化を求めることをやめた、というのが、そしてそのさいに範を求めたのが『高原平話』(一八八八)のころの若きラドヤード・キプリングであった、というのが老いた作者の言い分です。『伝奇集』や『アレフ』の作者としてボルヘスを考えてきた読者たちは、この『ブロディーの報告書』を予想もしなかった変身と見て、失望を感じた向きも少なくはありませんでした(売れ行きはけっして悪くはなく、一九七〇年八月に上梓されて翌月には十二刷に達し、七一年一月と二月、七二年四月にも増刷という好調さだったのですが)。

しかし、この変身の徴候は実は早くからありました。よく知られている事実ですが、一九六一年にサミュエル・ベケットとともに国際出版社賞をマヨルカ島のフォルメントルで受けた時から、ボルヘスは多数の批評家や記者が相手のインタビューの場に引きずり出されることになります。そのなかで有名なのがリチャード・バーギンとのそれですが、そこから引用すると、自己が「一種のハイファイ装置、まちがわれた身元証明《アイデンティティ》、迷宮、虎、鏡などについての物語、人間がほかの誰かであるとか、ある人間が自分自身を不倶戴天の敵としているとかいった物語を生産する一種の工場」(柳瀬尚紀訳)になってしまったことを悔いているのです。模倣者さえ周辺に現われつつあることを嘆いているのです。

こうしたボルヘスの発言の裏には、実のところ、われわれ外国の読者らはあまり意識していない、アルゼンチン内部における深刻な事情がありました。つまり、同世代から二、三世代は若い作家や批評家たちによって、集中砲火と言っては言い過ぎでしょうが、かなり手厳しい指弾の声を浴びていたのでした。例えば、レオポルド・ルゴネスにも激しい批判の矢を射続けてきた右派の批評家のラモン・ドルは、ボルヘスを「ナショナルな色彩も音調も欠いた、反アルゼンチン的な表現、文章」を操る者と非難しました。またホセ・フアン・エルナンデス・アレーギは、ブエノスアイレス大学やラプラタ大学で同僚であったにもかかわらず、主著の『帝国主義と文化』で展開したその思想の具体例として、ボルヘスの文学は「その詩的純粋さの底にアルゼンチン的なものを排除する意志を紛れもなく秘めており、永く生き延びることはないだろう」と断罪しました。さらにまた、エッセイストのファン・カルロス・ポルタンティエロは『アルゼンチン小説のリアリズムとリアリティ』という本のなかで、マルキシズムの視点からボルヘスを批判して「エリート層のための文学の調達者」と決めつけるといった具合でした。締めくくりにもう一例を挙げますが、上記のような者たちとは異なり、ラテンアメリカ全体にその名を知られた批評家ノエ・ヒトゥリクは、やはりボルヘスについて「その思想の氷のごとき普遍性が思考の変換機能を完全に停止させかねないアルゼンチン知識人」などと痛罵しています。

リカルド・ミゲル・スチェリノの『ボルヘス、その作品とその時代』(一九九四)を開けば、主として『伝奇集』や『アレフ』の作者に対する類似の評言をいくらでも引き出すことが可能です。もちろんボルヘス本人は、それらをリアルタイムで目にし耳にしていました。このことが動因として働いて、先に引用したリチャード・バーギンが相手のあの発言が生じ、『ブロディーの報告書』に収められたかずかずの作品が生まれたことは間違いのないところです。

その『ブロディーの報告書』の十一編のうち、最初のほうの五編――「じゃま者」

「卑劣な男」「ロセンド・フアレスの物語」「めぐり合い」「ファン・ムラーニャ」——と「別の争い」は一括りにしてよい作品だと思われます。その内容あるいは雰囲気に共通するものが窺われるからです。まさにアルゼンチンの、もっと限定的に言えばブエノスアイレスの、それも中心部ではなく周縁部に生息する特異な人物たちが放散する独特の雰囲気が感じられるからです。荒くれ、乱暴者、無法者、アウトロー、ナイフ使い、犯罪者、そしてガウチョ(牧夫)といった、場末やパンパでのみ跳梁する人間たちから発散する、いわゆるマッチョな空気があふれているからです。

短編集の冒頭に置かれた「じゃま者」はその典型的な作品であると言えそうです。初出は実は『アレフ』の第七刷で、第十一刷(一九六九年十二月)までそこに留まっていましたが、この間にも、愛書家で聞こえたグスタボ・フィジョル・ダイ——この短編の執筆をボルヘスに促した者であるとか——の編集で、エミリオ・セントゥリオンの挿画入り愛蔵本や、『新自撰集』(一九六八)や、シルビナ・ブルリチと共編の『無法者、その運命、町、音楽』(一九六八)などにも収録されています。しかし『アレフ』の幻想的もしくは抽象的な作品とは明らかに調子が違っているので、『ブロディーの報告書』に移されることで、ようやく本来の場所に落ち着くことになったわけです。

「じゃま者」の成立のごく簡単な経緯についてですが、ボルヘスの告白するところでは、数年にわたったヨーロッパ滞在から帰来して母国を再発見した一九二〇年代の終わり、ニコラス・パレデスという実在の無法者——極端に言えば勇気とか度胸、肚《はら》とか胆っ玉のようなものを生の至上の規範としている男——を相手にした話のなかから生まれた作品が、この「じゃま者」です。「女を欲望と所有の対象以上のものと考えていることを言ってはならない」という、フェミニストでない女性が聞いても眼《む》を剝きそうな科白が出てきます。怪しからぬ心掛けの無法者たちの兄弟愛、というよりはむしろほとんど同性愛的なものが底流している物語です。周知のとおり、ボルヘスは数度の眼の手術にもかかわらず失明し、散文と韻文を問わず口述筆記によることになります。五〇年代の後半からのことですが、その大役を引き受けたのが母親のレオノルでした。レオノルは作品のエロティックないかがわしさを嫌ったようですが、しかし息子が締めくくりのクリスチャンの科白に困っていると、今あるような、ぴったりしたものを見つけてくれたのだそうです。

ちなみにこの短編は一九八〇年、軍政を嫌ってブラジルに亡命中の監督カルロス・ウゴ・クリスチャンセンによって映画化されました。残念なことに、母国のアルゼンチンでは猥褻の故をもって上映禁止となりましたが。

次の「卑劣な男」の初出は本書『ブロディーの報告書』です。この短編のモチーフは、明らかに「裏切り」とか「背信」とか呼ばれる行為でしょう。同じ種類の作品をこれまで数多く、ボルヘスは書いています。『伝奇集』に収められているものですが、一九二〇年代のアイルランド独立運動に関わったヴィンセント・ムーンという男の物語、「刀の形」がそれです。そして同じくアイルランドの独立に材を得ていますが、より名の聞こえた、「謀叛人たちの栄光ある影の首領だった」ファーガス・キルパトリックの物語で、その名もずばり「裏切り者と英雄のテーマ」がそれです。さらに、「ユダについての三つの解釈」もそうです。「ユダの裏切りは偶然ではなかった。それは救済の営みのなかに神秘な場所を占める、予定された行為だった」とする主人公のニールス・ルーネベルク――二十世紀初葉の大学都市ルントにおいて『キリストかユダか』や『秘密の救世主』を物した学究――の背後に、ボルヘスがあることは間違いのないところでしょう。

亡くなった書店主がサンチャゴ・フィッシュバインというユダヤ人であることは示唆的ですが、その彼が打ち明け話のなかで「ユダヤ人のガウチョなんていたためしがない」と言っているのは見逃せません。これは、ロシア生まれながらアルゼンチンにおけるユダヤ文学の創始者である、アルベルト・ヘルチュノフ(一八八三―一九五〇)の短編集『ユダヤ人のガウチョたち』(一九一〇)を意識しての言葉です。一八八九年、貧困とポグロム(虐殺)を避けた一団のロシア系ユダヤ人がヴェセル号でブエノスアイレスに到着。信仰や教育や思想の自由の保証された新天地、とりわけサンタ・フェ州などに定住しました。馬やマテ茶に馴染んでガウチョとして留まった者ももちろんいましたが、土地の購入や開拓に当たるユダヤ植民協会の酷使に耐えかねて、大半が北アメリカやブエノスアイレスに逃れました。後者の運命を選んだ人間の多くは貧しい場末に住んで肉体労働に従事したり、無法者の一味に身を投じたりしました。個人的な努力と好運が重なった者のみが、フィッシュバインのように商人に、あるいはさまざまな専門職に成り上がることに成功しました。ヘルチュノフの短編集は、そうしたユダヤ系移民の明暗ともに著しい生態を活写したものです。

「ロセンド・ファアレスの物語」はブエノスアイレスの大新聞「ラ・ナシオン」の一九六八年十一月九日号に、アントニオ・マサの挿画入りで掲載されました。先の「じゃま者」と並んでこの作品集を代表するものの一つに相応しい華やかな初見参ぶりでした。

「ロセンド・ファレスの物語」はあの「薔薇色の街角の男」の世界への回帰と考えることが可能です。もっとはっきり言えば、フリアの店に乗り込んできて、用心棒のロセンド・ファレスに決闘を挑んだ北部の暴れん坊フランシスコ・レアルに焦点を当てた「薔薇色の街角の男」に対して、この短編は表題どおりにロセンド・ファレスにそれを当てて語り直したものです。作者も驚くほどの人気が集まっていることが再話の動機であると作者が言っていますが、いささか理解に苦しみます。北アメリカの西部劇などに見られるような場景ですので、それへのローカルな対抗心が働いているのでしょうか。ボルヘスには映画批評やシナリオライターの実績があります。推測はまったくの見当はずれというわけではないでしょう。

次の「めぐり合い」がブエノスアイレスの読者たちにお目見えするのは、「ラ・プレンサ」紙の日曜版(一九六九年十月五日号)ですが、その直後にまたもやグスタボ・フィジョル・ダイと友人らのために、エクトル・バサルドゥアの挿画入りの豪華本が出版されています。ついでに次の「ファン・ムラーニャ」に関して。この作品も「ラ・プレンサ」紙の日曜版(一九七〇年三月二十九日号)に、ホセ・ボノーミの挿画入りで掲載されたものでした。これら二つの作品は内容はかけはなれています。前者で語られているのは、別荘に集まってバーベキューを楽しんだあとのポーカーで、いざこざが生じて決闘に及んだ青年たちの話。後者は、安アパートの家賃が滞って面倒なことになり、家主のイタリア人が非業の死を遂げるという話。しかし、どちらも人間ではなく、得物としてのナイフの意志で事が決するわけです。例の詩文集『創造者』(一九六〇)のなかの「象棋」や「一八九〇年代のある亡霊について」といった詩編と照応していると、そう言ってよいと思います。

「別の争い」という作品は「卑劣な男」同様、『ブロディーの報告書』の上梓とともにお目見えしたものです。作者の率直な告白によれば、モンテビデオで聞かされた実話に基づいているとか。十九世紀末の度重なる内乱のさなかの残酷なできごとです。当時の軍隊では、転進にさいして捕虜のすべてを始末するという慣行があったことを考慮しても、ボルヘスの言うようなユーモラスな味わいなど少しもない、無惨な物語のように思われます。

無法者、暴れ者、荒くれ、ナイフ使い、ガウチョなどなどが跳梁する以上の物語について述べた、その締めくくりに、ボルヘスが若年のころに父や母の反対を押し切って伝記を物した、凡庸な民衆詩人エバリスト・カリエゴの「暴れ者」、あの〈聖フアン・モレイラ〉に捧げた詩編の一部を引いておきましょう。

「街の者たちは彼を尊敬している。男は度胸と思い込んでいた彼は／やがて向こう見ずの名を轟《とどろ》かすことになった。／やくざ仲間の百度の出入りで勝ち／ムショへの出入りでますます名を高めた。∥乱暴者の印のように、その顔を走る／深い傷跡。きっと彼は喜んでいたのだ／血なまぐさい入墨が、ナイフが見せた／女のような気紛れが消えずにいることを。∥……目深にかぶったあの帽子、／威勢のいい歌を奏でるギター……∥場末の踊りの美女たちも／彼を冷たくあしらいはしない。／色恋と喧嘩にかけては評判の／その男を、きっと鼻にかけはしても。」

「老夫人」という短編について、ボルヘスは一九八六年五月のジュネーヴでそれを朗読したさいに、次のように言っています。「これは、私の家族の歴史のなかの一エピソードです。これを私に話してくれたのは、母です。私は何ごとも付け加えていません……いまでは私自身が〈老夫人〉に似ているような気がしています」。細かいことのようですが、母方の祖母のレオノル・スアレス・アエード・デ・アセベド（一八三七―一九一八）は、ボルヘス一家のヨーロッパ旅行に同伴してジュネーヴで亡くなっていて、その折にブエノスアイレスの「ラ・ラソン（理性）」紙は死亡記事を載せて、わざわざ「アセベド夫人は若いころに目にしたできごとを非常によく記憶しておられた……きわめて生々しい臨場感をもって伝えることができた」と報じました。そういうわけで、ヒロインの名前は、母方の高祖母の名前のマリア・レオノル・メルロ・ルビオから、また、ヒロインの父マリアノ・ルビオ大佐の経歴は、母方の曽祖父イシドロ・スアレス大佐のそれからヒントを得たもののようです。いずれにしても、かつて祖国アルゼンチンの短い歴史を「さもしい利害の争い」と評したことのあるボルヘスの冷徹な、皮肉たっぷりな視線がこの物語の背後にあるのを感じずにはおられません。

「争い」という短編は、作品集そのものが上梓されたのと同じ一九七〇年四月三十日に、ファン・オスバルド・ビビアノという者によりサンチャゴ・コゴルノの挿画入り豪華本として日の目を見ています。新大陸生まれのスペイン系の人間を指して用いられる「クリオジョ」に属している、中流階級の女性芸術家たちのあいだで燃える陰微な鬼火のような憎悪と対抗心のありようを克明にたどった作品の結末が、相手の死と同時にヒロインが創作をやめる、その意志を喪失するという悲喜劇的なものであることは示唆的です。ヒロインの性格がビクトリア・オカンポ――有名な文芸誌『スル』（一九三一―七〇）の創刊者であり、ボルヘスの親友ビオイ・カサレスの義姉――のそれに酷似しているのですから。

『ペリスコピオ（展望鏡）』誌の一九七〇年八月四日号を飾ったのが初出であるという作品「グアヤキル」は、今日言うところのラテンアメリカの独立に大きな貢献をした二人の将軍、ベネズエラ出身のシモン・ボリバルとアルゼンチン出身のホセ・デ・サン・マルティンが一八二二年、この熱帯の海港で落ち合って、未だ終わらざる大業の今後について凝らした密議が核になっている物語です。将軍たちは分担すべき役割について、あるいはより率直に版図の分割について話し合った。さまざまな臆測がなされていますが、ボルヘスが作品で取り上げているのはそうした密議の内容ではありません。百年ほどの歳月を経て生まれた、やはり二人の有能な歴史家のあいだの学問上の問題をめぐる、上辺はともかく激烈な角逐にほかなりません。

ブエノスアイレスその他の大学で教壇に立ったことのあるボルヘス自身が見聞きした、業績をきそい合う学者らの妬心の深さの経験が作品の底に潜んでいることは間違いないでしょう。また、書体の鑑別というような単純な事柄ではなくて、難解きわまりない宗教的問題に関わる深刻な争いを取り上げた、『アレフ』中の「神学者たち」を思い起こさせるものがあります。独立後の統治形態として王政を考えていたと思われるサン・マルティンと共和制を主張したらしいボリバルとの対立が、クリオジョの学者とユダヤ系の亡命者である学者との対立と照応するというのも、この「グアヤキル」の見所でしょう。

「ラ・ナシオン」紙の一九七〇年八月二日号にラケル・フォルネルの挿画入りで初めて掲載された「マルコ福音書」について、作者は本書の「まえがき」で、この作品集で最高のできばえだろうと自信ありげに言っています。事あるごとに繰り返しているとおりで、神とか来世とか、要するに物質的現象を超える何ものかが存在するか否か、それを知ることは不可能である、と考える不可知論者としてのボルヘスが紛れもなくここに顔を覗かせています。彼の想うところでは、イエスは正しく神の怒りを鎮める生贄です。その役割を作品で担っているのがあまりぱっとしない若者であり、彼が声によって蘇らせる文字の力のお陰で、文字はもとより声から成る言語を忘失していた蒙昧なグトレ家の面々が、聖書の重大な局面を再現することになるのです。

実は、この「マルコ福音書」は『ブロディーの報告書』に収録されたあとも、作者が七十二歳の誕生日を迎えた記念ということで、ラウル・ルソの挿画入りの愛蔵版(一九七二)が、愛書家のグスタボ・フィジョル・ダイとS・セサル・パルイーの手により出版されました。

　晩年に至って再び短編に手を付けることになったボルヘスが作品集の表題にも選んだ「ブロディーの報告書」が、ジョナサン・スウィフトの『ガリヴァー旅行記』に想を発していることは作者自身の認めるところです。多少の差があっても痛烈なアイロニーが全体を貫いているという点では、ボルヘスのテクストも先行の作家のそれも変わらないようです。ただ、最後に付け加えておくべきことがあります。それは、スコットランドもアバディーン出身の宣教師が、一人の改宗者も獲得しえなかったという事実があるにもかかわらず、手稿の末尾において、イギリス王とその臣下に対して「原始的な種族というよりはむしろ退化した種族」であるムルク族の救済を願い出ていることです。この寛大さは、有名な『インディアスの破壊についての簡潔な報告』その他の論策を通じて、アンティール諸島の金鉱山で苛酷な労働を強いられているインディオらの救済をカルロス一世に訴えた、あのバルトロメ・デ・ラス・カサス師の存在を脳裏に蘇らせずにはいません。もっともこのドミニコ会士は、インディオに替えて黒人を推すという過誤を犯しましたが。

*

翻訳に当たっては、基本的には *El informe de Brodie*, Emecé Editores, S. A., Buenos Aires, 1970 の第六版を使用しましたが、その後に同じ出版社から上梓され続けている *Obras completas*（全集）や、特に一九七九年にミゲル・デ・セルバンテス賞を受けたさいに出版された *Prosa Completa*, Editorial Bruguera, S. A., Barcelona, 1980 を参照しました。

英訳本としてはノーマン・トマス・ディ・ジョヴァンニによる *Doctor Brodie's Report*, E. P. Dutton & Company Inc., New York, 1970 や、アンドリュー・ハーレイによる *Brodie's Report: including the prose fiction from IN PRAISE OF DARKNESS*, Penguin Putnum Inc., 1988 を、さらに仏訳としては *Œuvres complètes*, Édition Gallimard, 2010 中のものを参照させてもらいました。

ボルヘスとその周辺に直接関わりのあるものとしては、Evelyn Fishburn & Psiche Hughes, *A Dictionary of Borges*, Gerald Duckworth & Co. Ltd, London, 1990 や、Daniel Balderston, Gastón Gallo, Nicolás Helft, *Borges. una enciclopedia*, Grupo Editorial

Norma, Buenos Aires, 1999や、Ion Agheana, *Reasoned Thematic Dictionary of the Prose of Jorge Luis Borges*, Ediciones del Norte, Hanover, 1990などが参照して大いに役立ってくれました。

この翻訳は一九七四年に白水社のシリーズ「新しい世界の文学」、そして「白水uブックス」(一九八四)のために成されたものでした。このたび岩波文庫に収録されることになりましたので、訳者本人も不満の多かった訳文の見直しや訳注の補足などを行ないました。この貴重な機会に加えて数多くの助言を与えてくださった岩波文庫編集長の入谷芳孝さんに深く感謝いたします。

二〇一二年五月

ブロディーの報告書《ほうこくしょ》　J. L. ボルヘス作

2012 年 5 月 16 日　第 1 刷発行
2025 年 4 月 15 日　第 4 刷発行

訳　者　鼓《つづみ》　直《ただし》

発行者　坂本政謙

発行所　株式会社 岩波書店
〒101-8002 東京都千代田区一ツ橋 2-5-5

案内 03-5210-4000　営業部 03-5210-4111
文庫編集部 03-5210-4051
https://www.iwanami.co.jp/

印刷・三秀舎　カバー・精興社　製本・松岳社

ISBN 978-4-00-327927-4　　Printed in Japan

読書子に寄す

——岩波文庫発刊に際して——

岩波茂雄

真理は万人によって求められることを自ら欲し、芸術は万人によって愛されることを自ら望む。かつては民を愚昧ならしめるために学芸が最も狭き堂宇に閉鎖されたことがあった。今や知識と美とを特権階級の独占より奪い返すことはつねに進取的なる民衆の切実なる要求である。岩波文庫はこの要求に応じそれに励まされて生まれた。それは生命ある不朽の書を少数者の書斎と研究室とより解放して街頭にくまなく立たしめ民衆に伍せしめるであろう。近時大量生産予約出版の流行を見る。その広告宣伝の狂態はしばらくおくも、後代にのこすと誇称する全集がその編集に万全の用意をなしたるか。千古の典籍の翻訳企図に敬虔の態度を欠かざりしか。さらに分売を許さず読者を繋縛して数十冊を強うるがごとき、はたしてその揚言する学芸解放のゆえんなりや。吾人は天下の名士の声に和してこれを推挙するに躊躇するものである。このときにあたって、岩波書店は自己の責務のいよいよ重大なるを思い、従来の方針の徹底を期するため、すでに十数年以前より志して来た計画を慎重審議この際断然実行することにした。吾人は範をかのレクラム文庫にとり、古今東西にわたって文芸・哲学・社会科学・自然科学等種類のいかんを問わず、いやしくも万人の必読すべき真に古典的価値ある書をきわめて簡易なる形式において逐次刊行し、あらゆる人間に須要なる生活向上の資料、生活批判の原理を提供せんと欲する。この文庫は予約出版の方法を排したるがゆえに、読者は自己の欲する時に自己の欲する書物を各個に自由に選択することができる。携帯に便にして価格の低きを最主とするがゆえに、外観を顧みざるも内容に至っては厳選最も力を尽くし、従来の岩波出版物の特色をますます発揮せしめようとする。この計画たるや世間の一時の投機的なるものと異なり、永遠の事業として吾人は微力を傾倒し、あらゆる犠牲を忍んで今後永久に継続発展せしめ、もって文庫の使命を遺憾なく果たさしめることを期する。芸術を愛し知識を求むる士の自ら進んでこの挙に参加し、希望と忠言とを寄せられることは吾人の熱望するところである。その性質上経済的には最も困難多きこの事業にあえて当たらんとする吾人の志を諒として、その達成のため世の読書子とのうるわしき共同を期待する。

昭和二年七月

《東洋文学》〔赤〕

楚辞　小南一郎訳注
杜甫詩選　黒川洋一編
李白詩選　松浦友久編訳
唐詩選　全三冊　前野直彬注解
完訳 三国志　全八冊　小川環樹・金田純一郎訳
西遊記　全十冊　中野美代子訳
菜根譚　洪自誠　今井宇三郎訳注
阿Q正伝・狂人日記（吶喊）他十二篇　魯迅　竹内好訳
朝花夕拾　魯迅　松枝茂夫訳
歴史小品　郭沫若　平岡武夫訳
家　全二冊　巴金　飯塚朗訳
新編 中国名詩選　全三冊　川合康三編訳
聊斎志異　全二冊　蒲松齢　立間祥介編訳
李商隠詩選　川合康三選訳
白楽天詩選　全二冊　川合康三訳注
文選　全六冊　川合康三・富永一登・釜谷武志・和田英信・浅見洋二・緑川英樹訳注
曹操・曹丕・曹植詩文選　川合康三編訳
ケサル王物語 ―チベットの英雄叙事詩　アレクサンドラ・ダヴィッド＝ネール　アプル・ユンテン　富樫瓔子訳
バガヴァッド・ギーター　上村勝彦訳
ダライ・ラマ六世恋愛詩集　今枝由郎・海老原志穂編訳
朝鮮童謡選　金素雲訳編
朝鮮短篇小説選　全二冊　大村益夫・長璋吉・三枝壽勝編訳
尹東柱詩集 空と風と星と詩　金時鐘編訳
アイヌ民譚集 付 えぞおばけ列伝　知里真志保編訳
アイヌ叙事詩 ユーカラ　金田一京助採集並ニ訳

《ギリシア・ラテン文学》〔赤〕

ホメロス イリアス　全二冊　松平千秋訳
ホメロス オデュッセイア　全二冊　松平千秋訳
イソップ寓話集　中務哲郎訳
アイスキュロス アガメムノーン　久保正彰訳
アイスキュロス 縛られたプロメーテウス　呉茂一訳
アンティゴネー　ソポクレース　中務哲郎訳
ソポクレス オイディプス王　藤沢令夫訳
ソポクレス コロノスのオイディプス　ソポクレス　高津春繁訳
ヒッポリュトス ―パイドラーの恋　エウリーピデース　松平千秋訳
バッカイ ―バッコスに憑かれた女たち　エウリーピデース　逸身喜一郎訳
ヘシオドス 神統記　廣川洋一訳
女の議会　アリストパネース　村川堅太郎訳
アポロドーロス ギリシア神話　高津春繁訳
ダフニスとクロエー　ロンゴス　松平千秋訳
ギリシア・ローマ抒情詩選 ―花冠　呉茂一訳
オウィディウス 変身物語　全二冊　中村善也訳
サテュリコン ―古代ローマの諷刺小説　ペトロニウス　国原吉之助訳
ギリシア・ローマ神話 付 インド・北欧神話　ブルフィンチ　野上弥生子訳
ギリシア・ローマ名言集　柳沼重剛編
ローマ諷刺詩集　ペルシウス　ユウェナーリス　国原吉之助訳

《南北ヨーロッパ他文学》〔赤〕

- ダンテ 新生 山川丙三郎訳
- 夢のなかの夢 タブッキ 和田忠彦訳
- カヴァレリーア・ルスティカーナ 他十一篇 G・ヴェルガ 河島英昭訳
- カルヴィーノ イタリア民話集 全二冊 河島英昭編訳
- むずかしい愛 カルヴィーノ 和田忠彦訳
- パロマー カルヴィーノ 和田忠彦訳
- カルヴィーノ アメリカ講義 ―新たな千年紀のための六つのメモ 米川良夫・和田忠彦訳
- まっぷたつの子爵 カルヴィーノ 河島英昭訳
- 魔法の庭・空を見上げる部族 他十四篇 カルヴィーノ 和田忠彦訳
- ペトラルカ ルネサンス書簡集 近藤恒一編訳
- ペトラルカ 無知について 近藤恒一訳
- 美しい夏 パヴェーゼ 河島英昭訳
- 流刑 パヴェーゼ 河島英昭訳
- 祭の夜 パヴェーゼ 河島英昭訳
- 月と篝火 パヴェーゼ 河島英昭訳
- ウンベルト・エーコ 小説の森散策 和田忠彦訳
- バウドリーノ 全二冊 ウンベルト・エーコ 堤康徳訳
- タタール人の砂漠 ブッツァーティ 脇功訳
- ラサリーリョ・デ・トルメスの生涯 会田由訳
- ドン・キホーテ 前篇 全三冊 セルバンテス 牛島信明訳
- ドン・キホーテ 後篇 全三冊 セルバンテス 牛島信明訳
- 娘たちの空返事 他一篇 モラティン 佐竹謙一訳
- プラテーロとわたし J・R・ヒメーネス 長南実訳
- オルメードの騎士 ロペ・デ・ベガ 長南実訳
- サラマンカの学生 他六篇 エスプロンセーダ 佐竹謙一訳
- セビーリャの色事師と石の招客 他一篇 ティルソ・デ・モリーナ 佐竹謙一訳
- ティラン・ロ・ブラン 全四冊 J・マルトゥレイ M・J・ダ・ガルバ 田澤耕訳
- ダイヤモンド広場 マルセー・ルドゥレダ 田澤耕訳
- 完訳 アンデルセン童話集 全七冊 大畑末吉訳
- 即興詩人 全二冊 アンデルセン 大畑末吉訳
- アンデルセン自伝 大畑末吉訳
- 王の没落 イェンセン 長島要一訳
- イプセン 人形の家 原千代海訳
- イプセン 野鴨 原千代海訳
- 令嬢ユリェ ストリントベルク 茅野蕭々訳
- アミエルの日記 全四冊 河野与一訳
- クオ・ワディス 全三冊 シェンキェーヴィチ 木村彰一訳
- 山椒魚戦争 カレル・チャペック 栗栖継訳
- ロボット (R・U・R) チャペック 千野栄一訳
- 白い病 カレル・チャペック 阿部賢一訳
- マクロプロスの処方箋 カレル・チャペック 阿部賢一訳
- 灰とダイヤモンド 全二冊 アンジェイェフスキ 川上洸訳
- 牛乳屋テヴィエ ショレム・アレイヘム 西成彦訳
- 完訳 千一夜物語 全十三冊 豊島与志雄・渡辺一夫・佐藤正彰・岡部正孝訳
- ルバイヤート オマル・ハイヤーム 小川亮作訳
- ゴレスターン サァディー 沢英三訳
- アブー・ヌワース アラブ飲酒詩選 アブー・ヌワース 塙治夫編訳
- 王書 ―古代ペルシャの神話・伝説 フェルドウスィー 岡田恵美子訳
- 中世騎士物語 ブルフィンチ 野上弥生子訳
- コルタサル短篇集 悪魔の涎・追い求める男 他八篇 木村榮一訳

岩波文庫の最新刊

坂元ひろ子・高柳信夫監訳
厳復 天演論

清末の思想家・厳復による翻訳書。そこで示された進化の原理、生存競争と淘汰の過程は、日清戦争敗北後の中国知識人たちに圧倒的な影響力をもった。
〔青二三五-一〕 定価一二一〇円

フリードリヒ・シュレーゲル
武田利勝訳
断章集

「イロニー」「反省」等により既存の価値観を打破し、「共同哲学」の樹立を試みる断章群は、ロマン派のマニフェストとして、近代の批評的精神の幕開けを告げる。
〔赤四七六-一〕 定価一一五五円

永井荷風著／中島国彦・多田蔵人校注
断腸亭日乗(三) 昭和四―七年

永井荷風は、死の前日まで四十一年間、日記『断腸亭日乗』を書き続けた。(三)は、昭和四年から七年まで。昭和初期の東京を描く。(注解・解説＝多田蔵人)(全九冊)
〔緑四二-一六〕 定価一二六五円

太宰治作／安藤宏編
十二月八日・苦悩の年鑑 他十二篇

第二次世界大戦敗戦前後の混乱期、作家はいかに時代と向き合ったか。昭和一七―二一(一九四二―四六)年発表の一四篇を収める。(注＝斎藤理生、解説＝安藤宏)
〔緑九〇-一二〕 定価一〇〇一円

……今月の重版再開……

忍足欣四郎訳
中世イギリス英雄叙事詩 ベーオウルフ
〔赤二七五-一〕 定価一二二一円

プルタルコス／柳沼重剛訳
エジプト神イシスとオシリスの伝説について
〔青六六四-五〕 定価一〇〇一円